Sabine Arens

Grün Grün West

Smartphonefreie
Reisebegebenheiten

BoD – Books on Demand

Bibliografische Information der Deutschen
Nationalbibliothek:
Die Deutsche Nationalbibliothek
verzeichnet die Publikation in der
Deutschen Nationalbibliografie, detaillierte
bibliografische Daten sind im Internet über
http://dnb.dnb.de abrufbar.

Herstellung und Verlag:
BoD - Books on Demand, Norderstedt

ISBN: 978-3-744-80937-5

Für Holger
1963 -2013

Er fuhr zur See,
lebte auf St. Pauli,
genoss die Freiheit auf seinem Rennrad,
gründete eine wundervolle Familie
und
behielt Dithmarschen
in seinem Herzen
immer!
Danke, mein Freund.

Inhaltsverzeichnis

„Go Mall" ist irisch und bedeutet: gemächlich
englisch: slow
plattdeutsch: suutje

Ik mok mi nie driven loten. Aber sik driven loten…grandios
Ich mag mich nicht treiben lassen. Aber sich treiben lassen…wunderbar.

Als ich im Frühsommer durch Irland tingelte, erkannte ich in vielen Begebenheiten Stoff für Geschichten. Zurück in der Heimat erwartete mich das Ende meiner wortreichen, belebenden und vertrauten E-Mail-Brieffreundschaft mit einem Landmaschinenmechaniker. Diese Lücke galt es zu füllen und so entschied ich mich diese Geschichten zu schreiben.

Während ich in meinem kleinen wackeren Auto durch die Landschaften Irlands fuhr, las ich nahezu täglich auf Verkehrsschildern das irische „Go Mall", darunter das englische Wort: „Slow".

„Langsam" also, mein Motto fürs unterwegs sein. Sei langsam. Guck' Dich um. Sitze auf einer Parkbank und sinniere über die Liebe. Genieße Umwege und das falsche Abbiegen.

Zeit vergehen lassen und abwarten was passiert.

Ohne Navi. Nur eine Landkarte auf dem Beifahrersitz. Die Bereitschaft sich auf Straßen zu verlieren, wohlwissend: „All roads leads to Tipperary", schiefen Wegweisern folgen und Sicherheit besteht aus Vertrauen, Zuversicht und die Mitgliedschaft beim ADAC. Das ist „Go Mall" – irisches Reisen.

Go mall ... auf Plattdeutsch bedeutet: werde albern und verrückt, was irgendwie genau das Gegenteil von „Slow" ist. Das Wortspiel machte mich lächeln, doch blieb ich in diesem Punkt auf der irischen Seite der Sprache: sei gemächlich und stets königlich.

Unterwegs sein!

...um wieder zurück zu kommen...mit null Prozent Fernweh im Herzen, durchtränkt von Landschaften

Seinen geschützten, vertrauten Lebensraum für einige Zeit zu verlassen, kann ein fantastisches Belebungselixier sein.

Unterwegs sein, ist gut, selbst wenn es eine aufreibende Reise ist, denn dann verwandelt sich das heimische Bett in den schönsten Ort der Welt. Man freut sich wie wahnsinnig, wieder zu Hause zu sein – geborgen. Ich weiß noch, als ich aus Island zurückkam, Tränen traten mir in die Augen als das Flugzeug in Hamburg landete...endlich wieder Supermärkte.

Mein Opa hatte Fernweh. Ein altes zerfleddertes Geographielexikon lag während meiner Kindheit ständig auf seinem Schreibtisch und als Sechsjährige konnte ich die Hauptstädte aller Länder nennen. Unser gemeinsames Ziel hieß Alaska. Sein Lebensurlaubsort war dennoch die Hollywoodschaukel im Garten. Als

Meister des Müßiggangs genoss er dort seine Zigarre, sinnierte, summte vor sich hin und hielt sein Mittagsschläfchen - war zufrieden mit der Welt. Ein einziges Mal in seinem Leben verreiste mein Opa, da war er schon über siebzig. Sein Schwager nahm ihn mit nach Portugal. Aufgeregt in „Schapptüch" und mit Armbanduhr saß er an seinem Schreibtisch und wartete auf Onkel Helmut. Zehn Tage später kam er zurück, die Augen so blau und strahlend, den Himmel Portugals leergeguckt, im Atlantik gebadet und die Taschen voller Muscheln - für mich.

Es gibt Menschen, die innerlich mit den Hufen scharren, heimlich den Koffer packen, große Packlisten anfertigen und sich doch nicht trauen, allein zu reisen. Sie glauben, es sei unabdingbar für das Erleben und für die Sicherheit jemanden an der Seite haben zu müssen. Oft ist eine Reisegesellschaft oder eine Kreuzfahrt, in der alles vorgegeben ist und kaum Raum für die eigene Wahrnehmung der Landschaft bleibt, der Kompromiss.

Allein reisen bedeutet, anderen Menschen zu vertrauen, sei es nun, um nach dem Weg zu fragen oder den Trick für das Öffnen des Tanks am Mietauto zu finden. Man lernt wieder auf Menschen zu zugehen, besonders, wenn man auch noch ohne Smartphone und Navi unterwegs ist. Menschen helfen gerne, solange sie keine Läufer auf dem Weg zu ihrer eigenen Selbstoptimierung sind. Nur widerwillig, selbst in Irland, unterbrechen diese Menschen ihr Gerenne, egal ob man gerade hingefallen ist oder hilflos mit einem Rad im Graben hängt. Halbherzig stellen sie die Frage: „Do you need any help?" und denken dabei nur an ihre Pulsfrequenz, die durch diese unwillkommene Situation verkehrte Werte anzeigen wird. Da will man diesen Menschen auch nicht weiter belästigen und sagt: „I'm fine. Everything is perfectly alright." Läufer sind eine Spezies für sich – international, grenzübergreifend gleich – da muss man sich nichts vormachen – und so ohne Funktionskleidung gehöre ich noch nicht einmal zum selben Stamm.

Es soll Reisende geben, die grundsätzlich mit den schäbigsten Klamotten, praktisch kurz vor Altkleidersammlung, eine Reise antreten. Entweder gehören sie zu denen, die Angst vor einem Kofferklau haben und ihre gute Kleidung dadurch schützen, dass sie sicher zu Hause bleibt oder es sind die, die planen sich in ihrem Urlaubsort neu einzukleiden.

Ein großer Teil deutscher Urlauber schwören auf Funktionskleidung. Es gibt nichts, was so weit weg von sexy ist wie Funktionskleidung. Gekleidet für alle Eventualitäten, ausgerüstet für die Besichtigung von Schäfereien, der Guinness-Brauerei, des Ross Castles und spontan eben auch für die Besteigung des Mount Everest. Letztendlich schlurfen und rascheln diese Leute dann doch nur durch die majestätische Schönheit des Muckross Gardens und dessen anbetungswürdig blühenden Rhododendren. Sie wirken wie schreiendes Signalgelb zwischen sanften Pastelltönen von flieder und himmelblau.

Wohin ist der Tweed entschwunden, die Wachsjacke...wohin?

Man trifft Prominente auf Flughäfen.

Man stelle sich stets die Frage: „Wie will ich der großen, weiten Welt gegenübertreten?" Meine Lebenserkenntnis, als „Fünf Freunde"- und „Jane-Austen"-Leserin lautet: „Constant Readiness in elegance and comfort" also frei übersetzt: Vorbereitung ist alles und immer mit angenehmen Stil.

Auf Flughäfen gibt es immer Möglichkeiten Bücher zu kaufen. Man stelle sich vor, man stünde am Regal und hielte gerade einen Roman von Helen Simonson in der Hand und plötzlich eine Stimme: „I really can recommand that book" und während man antwortete: „Oh I hope so I read „ Major Pettigrews last stand", blickte man in die zwinkernden blauen Augen von Hugh Grant. So etwas kann passieren

Hätte Hugh Grant jemanden in Altkleidertrash angesprochen? Wir wissen es nicht, aber mit ein bisschen hipper Eleganz sind die Chancen größer. Ergibt das irgendeinen Sinn? Tja, nichts ist erhebender, als eine richtig gute Story aus seinem Leben zu erzählen und in ungläubige Gesichter zu gucken.

Go faiseanta! Sei stylish!

Daylight Robbery & Reisevorbereitungen

In den 8oern meinten wir mit, „ist mal wieder Zeit für „Stories aus dem Leben erzählen", sich mit möglichst unterschiedlichen Leuten zu treffen. Das waren oft beschwingende Abende – bis zum frühen Morgen – konnten einfach nicht genug bekommen. Sich etwas aus dem Leben erzählen, fern vom Smalltalk oder Politikgequassel. Es sind auch keine Heldenberichte über sich selbst. Vielmehr berichtet man von Begebenheiten und Erinnerungen.

In Irland mag man gut erzählte Geschichten. Meine Erfahrung ist, sobald ich über eine kleine Begebenheit berichte, beginnen die Menschen auch zu erzählen. Während einer Fahrt im Flughafenshuttlebus begann ich ein Gespräch mit dem Fahrer. Wir erzählten uns wie sich alles um den Flughafen herum verändert hat, woran wir uns noch erinnerten und so ganz nebenbei fuhr er mich direkt vor die Tür des Abflugterminals – einfach so. Das fand ich wunderbar, vor allem weil mein Handgepäck ja ein ganz klein bisschen mehr wog als zulässig.

Geschichten erzählen verbindet – schon immer. Am Lagerfeuer, am Küchentisch oder im Zug.

Eines ist unabdingbar für das Erzählen von Geschichten: das Sprechen der Sprache.

Zur Vorbereitung meiner Südwesttour warf ich eine komplette Staffel „Downton Abbey" in meinen DVD-Spieler und hörte die Originalversion beim Aufräumen, Kochen und Abwaschen. Rudimentäres Englisch bringt uns zwar durch, aber es lässt uns außen vor. Nahezu hilflos traf ich in Bantry ein italienisches Pärchen auf Hochzeitsreise. Jung, süß und völlig überfordert. Sie wirkten wie gestrandet ohne ihre italienische Zunge. In Italien sind die Italiener ja hemmungslos italienisch, schwimmen unbändig in ihrer Sprache, sobald sie das heimische Gewässer verlassen, sind sie weit, weit weg von ihrer charismatischen Persönlichkeit Mein Herz lief vor Mitgefühl über. Wieso zieht es

Italiener nach Irland? Gibt es eine heimliche Faszination? Bei jeder Unsicherheit kamen die beiden zu mir. Zum Abschied gaben sie mir tausendmal die Hand.

Mir wurde durch diese kleine Begegnung nochmals klar: sobald wir Geschichten erzählen, wird der Mensch sichtbar. In Ländern, wo wir die Sprache nicht sprechen, sind wir vorübergehende Wanderer, was auch okay ist. Nur mit unserer Wohlfühl-Sprache können wir die sein, die wir sind.

Wie intensiv sich „Downton Abbey" in meine DNA verwoben hatte, zeigte sich im Flugzeug von Hamburg nach Dublin. Das mit den öffentlichen Toiletten ist so eine Sache. Ich reise grundsätzlich mit Teatree-Öl im Gepäck um Toiletten zu desinfizieren – allerdings sind die Flugzeug-Toiletten oft mit einem schwankenden Boden verbunden und einige Menschen haben einfach Probleme. Die Aussicht für die Schuhe ist nicht so prickelnd, wenn man auf den Boden blickt. Meine Einschätzung von meinem Blasenvolumen war so, dass ich plante erst wieder in Dublin die

„Restrooms" aufzusuchen. Unterschätzt hatte ich den langen Sinkflug und das Sinken an sich, was sich irgendwie auf die Kapazität meiner Blase auswirkte. Auf den Punkt gebracht: ich war kurz davor mir in die Büx zu machen und es war absolut verboten im Landeanflug auf die Toiletten zu gehen. Atmen. Atmen. Atmen. Ich signalisierte meinen dänischen Sitznachbarn, dass ich sofort aufstehe müsse, sobald das Flugzeug aufsetzte. Gesagt. Getan. Gurt lösen, die Damen standen auf, ich eilte zur Stewardess und sagte: „I am so sorry to bother you, but I need the toilet immediatley, if you don't mind. " Kein Ordninäres: "Toilet! I must pee!", sondern formvollendetes Upper-Class-Englisch.

In aller Höflichkeit erwiderte sie, dass es nicht ginge, ich solle für einen Moment Platz nehmen – in der 1. Klasse. Yeah! Dreißig Sekunden und dann aber ab zum Klo. Als ich wieder rauskam, verließen die ersten Passagiere das Flugzeug und mir blieb nichts anderes übrig, als mich neben die Stewardess zu stellen und die Passagiere mit zu verabschieden. Eine aufmerksame elegante hanseatisch wirkende Geschäftsfrau brachte mein Handgepäck mit nach vorn. Das fand ich umwerfend klasse - mitdenkende Aufmerksamkeit, die einem anderen das Leben leichter macht. Wunderbar!

Im Englischen gibt es diesen wunderbaren Begriff „Daylight robbery" Ins Deutsche übersetzt, heißt es „Wegelagerei". Heutzutage findet man an jeder Ecke die „moderne Wegelagerei".

Bei meinem ersten Flughafen-Hotel empfand ich es schon als Daylight-Robbery, weil sie einen Euro für das Wiegen des Gepäcks nahmen. Nach zwei anderen Flughafen-Hotels kann ich sagen, dieses Hotel waren herzensgut – sogar mit Frühstück.

Mein zweites Flughafenhotel gab nichts umsonst ab. Selbst die obligatorische Seife sollte aus einem Automaten gezogen werden. Als ich vor 14.00 Uhr im Hotel anlandete, wollten die Dame vom Empfang

20 Euro extra kassieren, falls ich das Zimmer vor 14.00 Uhr zu belegen wünschte. Mit royaler Kühle erwiderte ich:
"There is no need. I don't mind to wait. Is there any tea avaible?" Und was soll ich sagen, keine zehn Minuten später kam die Frau von der Rezeption an meinen Tisch und ich durfte auf mein Zimmer ohne Zuzahlung.

Das dritte Flughafenhotel ...egal, weil...für das eigene Gemüt ist es wohl am besten, die Wegelagerei zu umarmen. Einfach „ja" sagen, vielleicht ein „Wegelagerei-Budget" einplanen. Wer weiß, ob solche Pfennigfuchser-Hotels sich nicht früher oder später von selbst auflösen.

Als ich mein schweres Handgepäck im Flugzeug ins Gepäckfach hochstemmen musste, fiel ich beinahe nach hinten rüber, doch ich durfte mir nichts anmerken lassen. In diesem Moment wünschte ich mir tatsächlich keinen einzigen hilfsbereiten Gentleman in meiner Nähe.

Für die Zukunft baue ich folgende Übung in meine Reisevorbereitungen in: „Die Kunst 13 kg Handgepäck so zu tragen, als seien es 5 kg"

Auf der anderen Seite fahren

...oder wie Michael Fassbender mich auf die richtige Spur brachte. Tänx, mate.

Als ich 1984 das erste Mal nach Irland reiste, mietete sich kein Mensch ein Auto. Es gab Autoreisende, die fuhren allerdings ihr eigenes Auto. Ansonsten nahm man öffentliche Verkehrsmittel oder trampte. Es dauerte gute zwei Tage, bis man die Insel erreichte. Damals nahmen wir von Heide einen Zug nach Köln, dort stiegen wir um in einen Zug nach London. In London galt es eine Übernachtung zu finden um dann am nächsten Morgen weiter mit dem Zug quer durch Wales nach Holyhead zu reisen. Dort wartete die legendäre Irische Fähre, die uns über die Irische See nach Dun Laoghaire brachte. Klassisches Reisen, klassisches unterwegs sein.

Im Jahr 2000 mietete ich mir zusammen mit meinem Freund Jan erstmalig ein Auto. Ohne im Besitz eines Führerscheins zu sein, genoss Jan die Schönheit der Landschaft. Mein Blick galt währenddessen der Straße.

Das brachte mich, wenn auch Jahre später, zu der Erkenntnis: nie wieder einen Mann ohne Führerschein. Außerdem nahm ich den Punkt des Autofahrens in meinen heimlichen Männertauglichkeits-Test auf. Am Autofahren erkennt man schnell den Charakter eines Menschen und so unternehme ich gerne mit möglichen Kandidaten eine Spazierfahrt. Sind sie gelassen, souverän, flott und wach oder verzagt, nervös, schimpfend, ungeduldig… man lernt während einer Autofahrt viel über einen Menschen.

Dreizehn Jahre später mietete ich mir allein ein Auto. Vorrausschauend buchte ich es nicht vom Dublin Airport, sondern vom Airport Kerry. Die Strecke vom Flughafen Kerry bis nach Killarney sollte ca. 35 Kilometer betragen. Ich dachte, als Einstieg genau richtig. Nicht bedacht hatte ich die einsetzende Dämmerung als ich vom Flughafengelände fuhr.

Das Steuer auf der rechten Seite und das Schalten mit der linken Hand sind überraschend schnell verinnerlicht. Die

Gefahr ist, das fehlende Gefühl für den Abstand auf der linken Seite – man hat definitiv kein Raumgefühl zum Bürgersteig, zur Hecke, zur Mauer, zu parkenden Autos, zu Fahrradfahrern. Die meisten Schrammen und Kratzer findet man bei Mietautos vorne links. Die Parole heißt: immer mittig fahren! Leichter gesagt als umgesetzt, weil uns der Gegenverkehr anfangs erschreckt und man dann instinktiv nach links ausweicht und das ist gefährlich. Es bedarf einer gewissen Abgebrühtheit und Unbeeindrucktheit für das zur Mitte hin gerichtete Fahren. Verzagtheit ist hier nicht gefragt. Das gilt auch für den Kreisverkehr. Immer schön mit Schmackes und einem gesunden Selbstvertrauen in den Kreisverkehr reinfahren.

Nach den ersten vier Kilometern war ich so nass geschwitzt, dass von einer „Dame auf Reisen", nicht mehr viel übrig war. Als ich unverhofft an einem abendlichen Rennradfahrer vorbeifahren musste und ich die aufrichtige Absicht hatte, ihn nicht zu streifen, schwappte erneut eine Woge

Schweiß aus meinen Poren. „I sweat like a cornered nun", schoss es mir durch den Kopf. Schwupp, tauchte das Bild von dem irischen Schauspieler Michael Fassbender in einem ollen Mittelklasse-Auto in meinem Kopf auf. Eine Sofort-Injektion „Coolness" durchflutete mich und vertrieb meine zaudernde Fahrweise.

Es gab eine der aberwitzigsten Auto-Shows der Welt, die hieß TOP GEAR. In der Sendung durften Prominente mit einem unauffälligen Mittelklasse-Auto eine Rennparcours entlang heizen. Als Michael Fassbender, der auch passenderweise in Killarney aufgewachsen ist, völlig unter Strom sein Rennen fuhr, kommentierte er sich mit: „I sweat like a cornered nun" („ich schwitze wie eine in die Enge getriebene Nonne") und dieser freche Spruch hat sich in mein Hirn eingegraben. Gott sei Dank.

Eine halbe Stunde fuhr ich kreuz und quer durch Killarney, weil ich ausversehen zu früh abgebogen war. Wie immer retteten mich die Leute von einer Tankstelle mit ihrem Wissen und ihrer Hilfsbereitschaft.

Bei meinem Bed & Breakfast angekommen, sah ich die kommenden Tage düster entgegen, doch später vor dem Einschlafen erinnerte ich mich an meinen Opa, der mir als Führerschein-Neuling drei Dinge mit auf den Weg gab: Punkt 1: Üben. Üben. Üben. Punkt 2: viele verschiedene Autos fahren und Punkt 3: immer nach vorne gucken und in den Rückspiegel – wenigstens das erste Jahr. Zwei von diesen drei Tipps berücksichtigte ich am nächsten Tag, vor allen Dingen aber: üben.

Als ich zehn Tage später wie eine gestandene Einheimische das Auto kratzerfrei am Dublin Airport abgab, quoll ich vor Stolz, Freude und Selbstvertrauen über und war zutiefst enttäuscht, dass es für meine gekonnte Autofahrerei kein Lob gab. Wissen die echt nicht, was das für einen Kontinental-Europäer bedeutet: auf der anderen Seite zu fahren!?

The Lady to Killruddery, please!
...Glendalough voll und ganz

Irgendwann kam ich auf die Idee, dass ich eigentlich mal überprüfen könnte, ob irische Männer als Lebenspartner eine Möglichkeit wären. Mit diesem Aspekt im Hinterkopf bekamen meine Reisen nach Irland eine neue Nuance.

Offiziell startete ich diese Art von Feldstudie mit einem einwöchigen Aufenthalt in Wicklow, einer Stadt, die ca. 70 km südlich von Dublin an der Irischen See liegt. Um möglichst vielen Iren zu begegnen, verzichtete ich auf ein Auto und nutzte für diese Zeit die öffentlichen Verkehrsmittel. Zu Recht kann man jetzt fragen: Iren? Gibt es attraktive Iren? Doch, schon, irgendwie.

Das Auswandern gehört zu Irland. Nicht umsonst wird der St. Patrick's Day auch in Amerika riesig, ja fast überdimensional, gefeiert. Wer nicht in die Vereinigten Staaten auswanderte, ging nach England mit der Hoffnung auf gutbezahlte Arbeit oder wenigstens auf ein Auskommen. Die,

die sich mehr vom Leben versprachen, wanderte also aus und die anderen wurden die „Dagebliebenen". Diese Gedanken kamen mir in den Sinn als ich im Bus vom Flughafen nach Wicklow saß. Hier saßen die „Übriggebliebenen". In der ersten Stunde meines Projektes fühlte ich schon einen Hauch von Ernüchterung.

Es gibt zwar viele rothaarige Kinder, aber seltsamerweise wenig rothaarige Erwachsene, die sind wahrscheinlich ausgewandert. Der irische Mann ist entweder schwarzhaarig mit blauen Augen oder dunkelblond, sommersprossig und auch blassblaugrünäugig. Von der Figur entweder gedrungen-ländlich oder unglaublich schlank und filigran. Es gibt die „sportmaniacs" wie überall auf der Welt. In Irland scheinen diese Männer sich hauptsächlich dem Rennradsport verschrieben zu haben. Ein Wahnsinn, wie viele Rennradfahrer schon morgens auf den unwirtlichsten und engsten Straßen unterwegs sind.

In meiner Wicklow-Woche erkannte ich, der Gentleman, der Womanizer oder nur die Leichtigkeit des Flirtens liegt dem irischen Mann fern. Mir widerfuhr sogar eine, in Irland selten vorkommende, unhöfliche Arroganz. Da ich ohne Auto unterwegs war, plante ich, mir ein Fahrrad zu mieten, um die nähere Umgebung und den gärtnerbeglückenden Mount Usher Garden zu erkunden.

Am Hafen in Wicklow, der ein wenig an Büsum erinnert, gab es einen Laden, der Rennräder vermietete, für unglaubliche 20 € pro Tag. Hinter dem Tresen stand ein durchtrainierter Mann um die 50 mit kurzer Rennradhose. Sein linkes Schienbein war zwar Tattoo frei, wies aber trotzdem Verzierungen auf: ziemlich viele sehr lange Narben. Er sah mich und muss anhand meines Körperbaus und meines seltsamen Outfits in Sekundenschnelle entschieden haben, mir kein Fahrrad vermieten zu wollen. Es gab nur ein Fahrrad. Der Sattel war zu schmal, praktisch für stehende Radler, die Frage nach einem anderen Sattel, beantworte Mr. „Bespoke Cycle" mit: „ We don't change saddles, quite busy at the moment". Mit der trotzigen Beharrlichkeit einer Nichtrespektierten ließ ich mich nicht von einer Probefahrt abbringen, die er mir widerwillig gewährte. Obwohl ich das Rennrad technisch schon recht herausfordernd fand, ohne Schmutzschutz, ohne Gepäckträger, sagte ich: ich nehme es. Es ist herrlich in einer Kleinstadt mit einem Fahrrad unterwegs zu sein. Bei der Fahrradrückgabe wollte ich nochmal mit einem Spruch auftrumpfen, leider war der Typ abwesend.

Der Ire im Allgemeinen ist, wie mir scheint, eher pragmatischer Natur. Das hat einen entscheidenden Vorteil: in Irland kann man als Frau völlig entspannt alleine reisen.

Für eine Nebenher-Ehe mag diese Art Mann ideal sein, aber die wahre Liebe, die wirklich wahre Liebe sah ich nicht im Irischen. Wurden jemals schmachtende irische Liebesromane geschrieben?

Aber die irischen Busfahrer! Die haben eine der wichtigsten Eigenschaften, die jede Frau liebt: sie sind aufmerksam.

Von Wicklow nahm ich den Bus nach Bray um mir die Killruddery Gärten anzugucken, die schon oft als Kulisse für historische Filme dienten. In Wicklow fragte ich den Busfahrer, wo ich am besten aussteigen sollte. Er nannte mir die Bushaltestelle. Nach 40 min Busfahrt erreichten wir Bray und plötzlich hörte ich ganz laut: „The Lady to Killruddery, please" und der Bus hielt. Das fand ich extraordinary! Einfach klasse.

Als ich nun wieder nach Irland fuhr, fand ich trotzdem, dass meine Feldstudie abgeschlossen sei: Häkchen hinter Irland, was Männer finden betrifft.

An einem schönen Morgen fuhr ich mit meinem kleinen Mietauto nach Glendalough. Das erste Mal besuchte ich Glendalough 1987 und, auch wenn es damals schon hochtouristisch war, strahlt der Ort eine sehr urtümliche Atmosphäre aus. Die alte Zeit des Rackerns, des Betens, des Hungerns war spürbar. Inzwischen gibt es ein großes Besucher-Informationszentrum, einen durchorganisierten Parkplatz für gefühlt tausend Autos und viele Hinweisschilder. Das Mystische wich einer heiteren Spaziergeh-Lieblichkeit. Es schlendert sich gemächlich an den Seen entlang - mit vielen anderen Menschen. Die Schönheit der Landschaften ist wohltuend, die Seen idyllisch.

Ich habe eine Neigung meine Füße in Gewässer zu tauchen. Wie andere Menschen Stempel von Sehenswürdigkeiten sammeln, sammle ich den Eindruck wie sich das Wasser eines Sees, eines Flusses oder eines Meeres anfühlt. Der Lower Lake zog mich an, obwohl ich schon früher hier war, kam es mir erst jetzt in den Sinn, in dem See hin und her zu waten.

Ich tauchte meine Füße ein und das Wasser fühlte sich überraschend warm an. Die Steine waren mit braunem glitschigem Modder überzogen. Vorsichtig tastete ich mich über den Seegrund um dann doch auszurutschen – wumms! saß ich im See und vor allen Dingen im Modder. Reflexartig schossen meine Arme in die Luft ,um die Taschen vor Nässe zu schützen, der Hintern, die Beine klitschnass… tausende Männer kamen angerannt, aus allen Richtungen, um mir, der „Damsel in Distress", aus dem See zu helfen… Pustekuchen!

Als ich irgendwie mit trockenen Taschen und nassem Klamotten ans Ufer gelangte, kam doch ein Mann und fragte, ob ich Hilfe bräuchte. „I'm fine. It was just refreshment. Such a sunny day. " Erleichtert zog er weiter. Eine amerikanische Schülerin schien so fasziniert, dass sie, als ich leicht derangiert mit nassem Kleid am Körper und triefender Leggins in der Hand weiter wanderte, sich zu mir umdrehte und mich filmte. Ein Gefühl sagte mir, dass das nicht die erste Aufnahme von mir war.

An diesem Nachmittag beendete ich meine Feldstudie endgültig. Insofern ist Irland ein guter Therapieplatz für Menschen, die an extrem starken Romantikattacken leiden. Der irische Pragmatismus kühlt die

Hoffnung auf einen Rote-Rosen-Regen beträchtlich ab.

Begegnung in den Wicklow Mountains

Irlands Westen besteht aus ziemlich vielen „Ende-der Welt"-Ausgaben. In den Wicklow Mountains ist „The Great Nothingness" zu Hause. Das große Nichts. Für manchen ist das kaum auszuhalten, man fühlt sich verloren in der Weite des Nichts, diese temporäre Erfahrung von „Ganz allein auf der Welt" kann für den Moment erschreckend sein.

Als ich den Weg in die Wicklow Mountains zur Sally Gap einschlug, lag hinter mir die Dubliner Stadtautobahn, komplett abgefahren von Nord nach Süd, mit unzähligen Fahrbahnen, jede gefüllt mit geschäftigen Autos und LKWs. Ich war froh, dass ich dort einfach nur auf der linken Fahrbahn zu bleiben brauchte. Dass ich eine halbe Stunde später im kompletten Gegenteil landete, tat gut. Es fühlte sich fantastisch an, dass ich alles, die Heidekraut-Berge, den weiten Himmel, alles für mich hatte. Ein großes Ausatmen.

Ich parkte mein Auto, stieg aus und blickte in die torfbraune Weite.

Einfach sein. Ohne Begehren. Ohne Nachhängungen. Stille. Weite. Atmen. Keine Aktion. Keine Reaktion. Die Aufhebung von Wut, Hoffnung und Liebe. Ich erinnerte mich an Manfred Maurenbrecher, der damals in seiner Radiosendung über Van Morrison sagte, dass, wenn man miteinander schweigt, die Möglichkeit des Erkennens bestehe, das Erkennen von Vertrauen, Verständnis oder von Gleichgültigkeit. Das stimmt. Stille spricht. Schweigen öffnet den inneren Raum. Dafür sind Landschaften da. Wenn wir bereit sind, spiegeln sie uns, geben Antworten oder Einsichten. Menschen, die uns nah sind, sind auch Landschaften. Landschaften in Landschaften sozusagen. Wenn wir miteinander schweigen, erkennen wir uns.

Mit diesen Gedanken begab ich mich wieder auf die schmale Straße und blieb an diesem Tag nicht so lange im „Großen Nichts", weil meine Gastgeber in Avoca auf mich warteten.

Zwei Tage später befand ich mich erneut in den Wicklow Mountains, hinter mir das Abenteuer in Glendalaugh, vor mir die Wicklow Gap, welche mitten im National Park liegt. Diesmal kreuzte das eine oder andere Auto meinen Weg. Einige Wohnmobile mit deutschem Kennzeichen kamen mir entgegen. Als ich an einem Aussichtspunkt anhielt, fragte ich mich, ob ich so leicht bekleidet überhaupt aussteigen sollte. Doch die karge Felslandschaft mit dem gelbblühenden Ginster verlockte zu näherem Gucken. Faszinierend: ein paar Kilometer nördlich: die Heidekraut-Landschaft, hier karges Gras, Felsen und Ginster. Ich stieg aus, machte ein paar Fotos und sah, dass ein Wohnmobil auf dem Parkplatz hielt. Eine Frau kam wenig später zu mir und sagte: „so beautiful" – ich antwortete auf Deutsch. Sie freute sich, eine Landsmännin zu treffen. Als ich ihr von meiner südwestlichen Rundreise allein mit mir und dem Auto erzählte, war sie schier aus dem Häuschen vor Bewunderung. Sie reiste mit ihrem Mann in einem organisierten Konvoi von zwanzig

Wohnmobilen. Inzwischen parkten weitere Wohnmobile auf dem Aussichtsplatz. Sie rief ihren Mann. So gesellten sich er und einige andere Männer, die die jeweiligen Wohnmobile steuerten, zu uns und die Frau aus Bonn berichtete von mir, wie ich unterwegs war und wohin es noch gehen sollte. Die Männer schauten mit einem respektvollen Blick auf mich, gaben mir die Hand und nickten anerkennend schweigend.

Dann stiegen sie wieder in ihre Wohnmobile und die Frau nahm nochmal meine Hand und ließ sie kaum los und hätte mich fast umarmt, so begeistert war sie. „Alles erdenklich Gute für Sie". In dem Moment fühlte ich mich meinen wohnmobilfahrenden Landsleuten sehr nah und hätte auf der Stelle los blarren können, so in meinem Kleidchen mit nackten Beinen in den Wicklow Mountains – in the center of the Great Nothingness.

Zeitverschnacken vor Kilfane Glen

Am Abend vor meiner Abreise nach Midleton über Bennettsbridge saß ich auf meinem Bett, um mich herum Zettel, Prospekte und der Straßenatlas von Irland. Ich studierte die Landkarte und suchte eine praktische Route nach Bennettsbridge, die zusätzlich eine Stippvisite des Kilfane Glen Garden möglich machen sollte. Außerdem wollte ich nicht stupide auf dem Motorway unterwegs sein. Lieber ein bisschen wie James Herriot aus der Serie „Der Doktor und sein liebes Vieh": heiter entspannt durch die Landschaft schnurren, zu Liedern aus dem Radio summen und das Grün Tipperarys genießen.

Ich mag das Planen von Routen, dieses hingebungsvolle Tüfteln. Am Ende hatte ich einen großen Zettel für meinen Beifahrersitz geschrieben:
Von Avoca in Richtung Aughrim. Tinahely: dort auf die R749 nach Shillelagh (aufpassen!), Bunclody weiter auf der R 746 nach Kiltealy durch die Blackstairs Mountains Richtung Ballymurphy, von da

nach Graiguenamanagh und dann Richtung Thomastown.

Es bringt viel Spaß Wegweiser zu finden, durch Dörfer zu fahren, wo nur selten ein Auto durchkommt, eigentlich braucht es noch mehr Langsamkeit um jedem Dorf die Ehre eines Besuchs zu erweisen.

Thomastown übersprang ich, weil ein kleiner Wegweiser nach Kilfane Garden mir, Gott sei Dank, eine Abkürzung bescherte. So fuhr ich eine schmale landwirtschaftliche Straße entlang, die mich direkt zum Garten Kilfane Glen und zu dessen verschlossenen Toren führte.

Ein anderes Auto fuhr ebenso auf die Einfahrt.
Ein Geschwisterpaar aus Dublin von Mitte Zwanzig. Sie planten einen Nachmittag im Grünen um anschließend ihre Mutter in Thomastown zu besuchen, die noch arbeiten musste. Es sollte ein gemeinsames Essen geben. Iren sind „talkative". Sie schnacken gerne. Wir guckten im Smartphone des Bruders auf die Website

von Kilfane um uns der Öffnungszeiten zu vergewissern. Dann erzählten sie von ihrer Mum und ich fragte, woher sie kamen. Diese Frage ist oft meine erste Frage, wenn ich Menschen treffe. Mich interessiert das Woher und meistens ergeben sich mit der Antwort schöne Anknüpfungspunkte. Ich hatte einen Kollegen, der sobald er wusste, aus welchem Dorf sein Gegenüber kam, gemeinsame Bekannte rausfand. „Kennst Du…" Diese beiden kamen aus Kildare. Da ich Kildare kannte, tauschten wir uns erstmal über Kildare aus. Wir verschnackten die Zeit – „no hast" – keine Eile.

In meiner Kindheit spielten wir viel draußen und hingen mit den Kindern aus der Straße ab. Manchmal war es aufregend, manchmal war es langweilig. Da konnte es passieren, dass mein Onkel mit seinem kleinen LKW vorfuhr und fragte: „Willst Du mit?" Dann sprang ich ins Führerhaus und genoss die Freiheit, irgendwohin zu fahren. Auch meine Tante nahm mich gerne mal mit, zu alten Damen, das war eher gediegen, aber auch okay. Mein Vater bekam manchmal die Order: „Nimm die Kinder mit!" und dann fuhren wir zu einem seiner Kumpel, der draußen auf seinem Hof saß und mit irgendetwas rumpütscherte und die beiden schnackten eine Weile. Schließlich wurde die, in den Siebzigern obligatorische, Flasche Holsten angeboten. Es war unsagbar langweilig, wenn die Erwachsenen Zeit verschnackten - ohne Eile – und ich freute mich jedes Mal, wenn mein Vater zum Trinken ansetzte – wieder ein bisschen weniger Bier in der Flasche. Es wurde nie mehr als eine Flasche getrunken. Danach die zwei erlösenden Zauberworte: „Hol Di" und es ging wieder ins Auto nach Hause.

In Kilfane redeten wir über das Kaufen von Häusern in Dublin, stiegen nach einer Weile in unsere Autos und begaben uns wieder auf die Straßen von Kilkenny.

Die Töpferei von Bennettsbridge

Im Laufe seines Lebens entwickelt man zu gewissen Dingen eine mehrende Affinität. Briefmarkensammler, Fingerhutsammler...wer kennt sie nicht, wenn auch inzwischen kaum noch zu finden. Es gibt Vogelbeachtungssammler, deren Ziel ist es, alle Vögel in ihrem Vogelbestimmungsbuch mindestens einmal in ihrem Leben in echt zu sehen um. Zeitintensiv, aber platzsparend. Das sind liebenswerte Leidenschaften und solange sie jemanden nicht in den Ruin treiben: Who cares? Vermutlich sammelt jeder irgendetwas und vielleicht fragt sich der eine oder andere, von wo habe ich das eigentlich mitbekommen?

Entdecke ich englisches Porzellan, fange ich, Dank meines ostholsteinischen Blaubluts, das Jiepern an. Gleichzeitig bin ich unermüdlich neugierig auf jede Töpferei, die ich auf Reisen entdecke.

Vielleicht liegt es daran, dass ich im einstigen Töpferdorf Tellingstedt aufgewachsen bin. Selbst der Poststempel warb mit der Töpferkunst in Form eines Kruges und eines Tellers. Bekamen wir zu Hause Besuch von jenseits des Nord-Ostsee-Kanals: ab in die Töpferei. Ich mochte die konzentrierte Atmosphäre der Frauen, die die Teller und Krüge bemalten und jedes Jahr bekam ein Schüler oder eine Schülerin aus dem Dorf, einen Ausbildungsplatz zum Töpfer. Das wirkte auf mich wie eine kleine Auszeichnung

Töpferware bringt uns die Erde in die Stuben und die Stimmungen und Gedanken des Töpfers verbinden sich mit dem Menschen, der später aus der handgemachten Tasse trinkt. Handgemachtes verbindet.

Dieses lebensbegleitende Interesse ließen mich auf den Weg nach Cork, einen Umweg über Bennettsbridge machen. Die Töpferei von Nicholas Mosse ist historisch gesehen eher jung: gegründet 1976, aber inzwischen bekannt und sicher kein Geheimtipp mehr. Dennoch ist die Atmosphäre dort wie in allen anderen Töpfereien. Kaum schritt ich durch die Tür, sah ich sie schon: Cookie Jars: bauchig getöpferte Keksdosen. Verführerisch. Sehr verführerisch. Zunächst blendete ich sie aus und stöberte hier und da, so viel farbenfrohe Töpferware im ländlichen Stil. Die Teekannen und Sahnegießer ließen mich kalt, weil die Form irgendwie zerknautscht und unfertig wirkte, aber immer wieder die Cookie Jars. Mir fiel beim besten Willen keine Lösung ein, wie ich diese in mein Fluggepäck unterbringen könnte.

Im liebevoll eingerichtetem Potterie Café mit Blick auf den River Nore gönnte ich mir Tee und Scones mit Clotted Cream. Ich schrieb in mein Reisetagebuch: „Man kann nur aus einem Becher trinken, man kann nur ein Auto fahren, man kann nur auf einem Sofa sitzen. Man kann nur einen Menschen küssen. Ich habe genug Dinge. Ich habe genug Dinge." Einige Momente später: „Aber man soll sich mit Schönheit umgeben… und das Gefühl beim Koffer auspacken. Wie ein alter Seemann aus dem früheren Jahrhundert, der stolz seine erstandenen Kostbarkeiten in Händen hält ... Gewürze, Seidenschals oder bemalte Teekannen... Ich kaufte mittelgroße und kleine Schalen und ließ die Keksdose in Irland mit der Absicht auf ein Wiedersehen und einem anschließendem Transfer nach Hause.

Zufrieden machte ich mich in Richtung Cork auf ohne zu wissen, dass mich dieser Teil der Autofahrt schier wahnsinnig machen würde, hatte ich doch durch drei Städte mit „C" zu fahren: Callan, Caher und Clonmel – aber auf gar keinen Fall durch Cashel, was in der Nähe lag. Immer wieder hielt ich an, um mich zu vergewissern, dass ich wirklich nichts verwechselte. So dauerte die Strecke von 144 km eine gute Weile.

Midleton auf dem zweiten Blick

Das Leben ist voll mit Menschen, die uns begegnen. Einige setzen im Vorbeigehen Akzente und bleiben damit auf ewig in unserer Erinnerung. Manche gehen mit uns ein gutes Stück des Weges, andere begleiten uns für immer, als Freund oder Feind, und mit Glück trifft man unter all den Menschen, denjenigen mit dem man in lebendiger Leichtigkeit korrespondiert und eine Einheit bildet.

Das Leben ist voll mit Landschaften und Orten, die uns begegnen. Manche Landschaften öffnen unser Herz, trösten uns, heilen uns, inspirieren uns. Es gibt Städte, die uns schier glücklich machen, uns vor Freude verjüngen und es gibt Plätze, Orte, die sich so vertraut anfühlen, dass wir sie im Laufe unseres Lebens immer wieder aufsuchen. Ancient haunts.

Mit Ende Zwanzig erkannte ich, dass es mir besser anstünde, Leuten, denen ich nach der ersten Begegnung den Stempel „unsympathisch" verpasste, eine zweite

Chance zu geben, weil ich dazu neigte, an meinem ersten, meist schlechten Eindruck, festzuhalten. Seit damals gebe ich, still und unauffällig, einem Menschen drei Chancen mich vom Gegenteil zu überzeugen. Die Methode bewährte sich und die Menschen, die es dann in mein Herz schafften, sind auf ewig dringeblieben.

Ich erzähle das, weil es mit Orten, die man während einer Reise aufsucht, ähnlich ist: man muss Orten, Städten eine zweite Chance geben, manchmal bleiben, um Gelegenheit zu haben, dahinter zu gucken, das Besondere zu entdecken.

Auch wenn Midleton nicht auf die Liste meiner Lieblingsorte landete, nahm diese Kleinstadt im Süden Irlands ihre zweite Chance wahr.

Nach einer wirklich sehr langen Autofahrt, nämlich 277 km über Land und durch abgelegene Dörfer, kam ich in Midleton an und fragte mich sofort: „Wieso genau hast Du Dir eigentlich diesen Ort als Übernachtungsdomizil ausgesucht?" Der

Grund war die geographische Nähe zu Cork und Cobh. Außerdem fand ich es sehr vielversprechend, dass die Jameson Whiskey Destillerie in Midleton angesiedelt ist. Zunächst zeichnete sich Midleton durch ein Netz verschiedener Umgehungsstraßen aus. Mein B & B lag am südöstlichen Stadtrand und nah an der N 25, die nach Waterford führt. Kurz vor Erreichen des B & B's verfuhr ich mich wieder sensationell. Ich war so überzeugt von meinem Gespür für Abkürzungen und Himmelsrichtungen, dass selbst ein ausgesprochen schmaler, extrem zugewachsener Feldweg mich nicht davon abhielt, zu glauben, ich sei auf dem richtigen Weg – eine Abkürzung eben… Später war ich nur froh, dass ich den Weg zur Schnellstraße zurückfand, denn dort, wo ich eine gefühlte Ewigkeit kreuz und quer entlang fuhr, sah alles gleich aus, was ein bisschen unheimlich war.

Als ich ausgelaugt und ernüchtert, was meinen Orientierungssinn betraf, das B & B fand, lag ein Zettel vor der Eingangstür: „Please call me, I'll be there in ten minutes.

Jim" Für solche Situationen kam mein fünfzehn Jahre altes Handy zum Einsatz. Eine Erkenntnis streifte mich, nämlich die, dass in der normalen Welt bald keiner mehr damit rechnet, dass Menschen ohne Smartphone reisen. Könnte eines Tages problematisch werden.

Jim kam und eröffnete mir, er und ich seien in den nächsten Tagen allein im Haus, seine Frau Margret sei spontan in Urlaub gefahren. Für mich könne er Frühstück machen, für mehr Gäste traute er es sich nicht zu und deshalb, sei ich die einzige. Mir war etwas mulmig und ich beschloss zunächst ins Stadtzentrum zu spazieren um meine Gedanken und Bedenken zu sortieren.

Der Weg zur Main Street dauerte zu Fuß gut 45 min und ich war in dem Moment irgendwie durch mit der Stadt. Die Main Street verströmte wuselige Hektik. Autos über Autos. Allein die Jameson Whiskey Distillery mit ihrer gediegenen schattigen Eingangshalle hob meine Laune. Selbst dem Whiskey wenig zugeneigt, empfand ich diese Affinität zu Tradition und Whiskey bewundernswert. Zum Whiskey trinken, konnte ich mich nicht überwinden, der gehört für mich in den Kuchenteig.

Was mir nach meiner ersten Beobachtungstour klar wurde, ich würde beim nächsten Mal mein Auto nehmen um in die Stadt zu kommen, es gab direkt in der Main Street vor den Geschäften überraschend Parkplätze ohne Zeiteinschränkung im Unterschied zu dem Supermarkt-Parkplatz.

Irland ist Deutschland um etwas innovatives, auf der Hand liegendes voraus: die grüne „Leap Card". Ursprünglich konnte man die Leap Card für alle öffentlichen Verkehrsmittel in Dublin nutzen. Man stockt sie immer wieder mit Geld auf. Ähnlich wie die OysterCard in London. Dieses Aufladen kann man nicht nur in allen Läden mit einem Leap-Aufkleber, sondern auch von zu Hause aus mit der Kreditkarte. Doch die Iren wagten sich weiter: Inzwischen kann ich mit meiner LeapCard auch den Bus von Midleton nach Cork nehmen. Das wäre so, als gäbe es in Schleswig-Holstein eine „TrueNorthCard", die ich nicht nur in München für alle öffentlichen Verkehrsmittel nutzen könnte, sondern auch für den Bus zum Tegernsee. Die LeapCard ist klasse. Ein Schritt weiter wäre: europaweit.

Zurück im B & B richtete ich mein Zimmer ein und überlegte, ob ich mich für die Nacht verbarrikadieren sollte, so mit Koffer vor der Tür. Am Ende schnackten Jim und ich jeden Morgen und Abend eine Weile. Eines Morgens als Jim mir eine weitere Kanne Tee brachte, eröffnete er mir aus heiterem Himmel: „ We need a Angela Merkel in Ireland. We need a boss not a boy". Mir fiel vor Schreck das Toastbrot aus der Hand. Was sollte ich antworten, mir fiel nichts ein, außer „Oh, really." ...und still fragte ich mich, was bekommen die Iren von unserer Politik mit. Pragmatisch ist Frau Merkel ja und ohne Schnickschnack – da gibt es Gemeinsamkeiten.

Am Abend vor meiner Abreise eröffnete Jim mir, dass er nur Bargeld nehme. Als ich erwiderte, da müsse ich morgen früh erst noch zur Bank, antwortete er: „Don't bother". Voller Gelassenheit und Vertrauen. Als ich am nächsten Morgen von der Bank kam, mein Auto startklar machte und ihm das Geld gab, sagte ich, wie entspannt das Parken doch in der Main Street sei, man könne mal locker bei der Bank parken und überhaupt. Jim grinste und erzählte, Midleton sei die einzige Stadt Irland, wo man ohne Probleme so lange parken konnte wie man wolle , keine Halteverbotszeichen, keine doppelten Linien und vor allen Dingen keine Politesse, die Knöllchen schreibt. Es gab mal eine, erzählte Jim. Die wurde von den Midletonern solange ignoriert, bis sie nicht mehr arbeiten wollte. Ob das stimmt? Das Parken spricht für Midleton, die Jameson-Destillery an der Main Street, die Buchhandlungen, die sehr gut sortierten Supermärkte und ein kleines Hippie-Cafe — all das spricht für Midleton und die Nähe zu Cork, Cobh und Fota Island.

Sonntag-Sunday-Sündag-Domhnach

Sonntage fühlen sich überall gleich an. Eine spürbare Verlangsamung des Lebens. Selbst in den Augen der Ehrgeizigen und Hektiker ist das Faulenzen und Abhängen an diesem Tag geduldet.

Als Kind empfand ich Sonntage grottenlangweilig. Gott sei Dank gab es meinen Opa, der gerne mit mir sonntagmorgens querfeldein über Felder und Knicks wanderte. Wir suchten uns ein schönes Plätzchen, guckten in die Ferne und taten nichts. Das scheine ich in mein eigenes Leben transportiert zu haben, ergänzt durch eine Thermoskanne Tee, einer hübschen Tasse und Keksen im Rucksack oder eine eisgekühlte Flasche Sekt und zwei Kristallgläsern, um zu zweit auf einer Bank an der Eider zu sitzen bis der aufsteigende Flussnebel einen in die Knochen kriecht.

Eines Nachts träumte ich von einem Haus in Cork, auch wenn ich noch nie dort war, suggerierte mir der Traum, das ist Cork: Es war dreistöckig mit einer blauvioletten Fassade und lag in der Altstadt am River Lee. Es schien ein Geschenk zu sein und ich freute mich über die Aussicht in diesem Haus zu wohnen – dann wachte ich auf. Die Botschaft, die ich verstand: fahre nach Cork!

In Midleton, nahe Cork, erlebte ich einen Doppelsonntag – der Montag war ein Feiertag, in Englisch: Bank Holiday.

Am echten Sonntag unternahm ich einen klassischen Sonntagsausflug nach Cobh. Aufgrund des historischen Hintergrunds, stand Cobh auf meiner Liste des Anguckens. Hier ging die Titanic noch einmal vor Anker bevor sie sich letztendlich auf die große Reise nach New York machte. Cobh hieß früher Queenstown und war die Auswanderermetropole Irlands. Das Stadtbild erinnert stark an ein englisches Seebad. Die Titanic ist überall spürbar. Auf einer Parkbank sitzend, auf den Hafen blickend, stellte ich mir das Gewusel, die Angst vor dem Ungewissen, den Mut der Verzweifelten, die Tränen des Abschieds und die Hoffnung in den Herzen aller vor.

Auswandern oder bleiben? Bleiben und aushalten bis aushalten nur noch ertragen ist oder gehen und mutig im Neuen durchhalten. Diese Frage stellt sich im Leben nicht nur beim Auswandern.

Ich spazierte die Promenade entlang, genoss die kleinen Parks und bewunderte wieder einmal die Idee, sich einfach irgendwo mit einem bunten Eiswagen hinzustellen und Softeis, Kaffee und Tee zu verkaufen. Diesmal schien es ein Vater mit seinen zwei Söhnen zu sein, der diesen kleinen Wagen als Hobby betrieb. Es wirkte leichtfüßig und harmonisch. Diese Szenerie unterstrich meine eigene Idee: Mein imaginäres „Birdwatchers Café": ein grün angemalter Schäferwagen. Immer dort stehend, wo gerade viele Naturfreunde spektakuläre Vögel in der Landschaft beobachteten, schmachtend nach einer guten Tasse heißem Etwas.

Cobh ist perfekt für einen Sonntag. Auf dem Rückweg fuhr ich nach Fota Island und begutachtete den Garten. Sonntägliche

Versonnenheit überall, eisschleckende Kinder all überall.

Am „Zusatz"-Sonntag fuhr ich mit dem Bus nach Cork Die Aussicht auf eingeschränkte Einkaufsmöglichkeiten hielten meine Erwartungen niedrig. Cork begrüßte mich mit „Brown eyed girl" – herrlich – eine Straßenband spielte den Song von Van Morrison frisch und frech. Glücksmoment Nr.1.

Die Stadt nutzte den freien Extra-Tag für einen Stadtmarathon und eine Wolke aus Schweiß waberte durch die Innenstadt. Die Menschen befanden sich in aufgeregter Feierlaune und eine Atmosphäre von Läuferstolz breitete sich aus, je mehr Läufer das Ziel erreichten. Ich verzog mich in Nebenstraßen, schlenderte mal hier hin, mal dort hin – im Vorübergehen hörte ich: „I love your dress!" Ein Mädchen im Teenager-Alter lächelte mich kurz an und vorbei war sie. Wie cool war das denn, einfach mal ein Kompliment aus der Hüfte geschossen, von einer Spezies bei denen man definitiv andere Bemerkungen erwartet. Glücksmoment Nr. 2.

Ich folgte dem Verlauf der Gassen, landete in der Cornmarket Street und stand einem dreistöckigen Stadthaus mit blau-violetter Fassade gegenüber. Zwar nicht am Fluss, aber ansonsten genau wie aus meinem Traum. Es beherbergte keinen Pub, sondern einen Laden für Musik, Bücher und Yoga! Mein Bewusstsein erfasste diese Situation still. Ich fotografierte das Haus. Erst später fragte ich mich, ob da eine Botschaft gefunden werden wollte. Hätte ich klingeln sollen? Sind Träume nicht einfach nur ein Aufräummodus für das Unterbewusstsein? Soll man Träumen Bedeutung geben und interpretieren?

Cork bleibt auf meiner Liste stehen. Vom Gefühl her scheint da noch etwas zu sein. Irgendetwas ist da noch – in Cork.

Zurück in Midleton schnappte ich mir das Auto und fuhr am späten Nachmittag an den Strand von Shanagarry. Es gab auch Menschen, die ihren Bankholiday ohne

Lauferei verbrachten, nämlich mit plätscherndem Nichtstun und diesen Menschen schloss ich mich an – teetrinkend und tagebuchschreibend.

Am Blarney Stone

...oder wie ich eine kleine geniale Übereinstimmung mit George Bernard Shaw entdeckte!

Touristische Highlights sind touristische Highlights sind touristische Highlights... und oft zu recht sehr beeindruckend. Da meine Route am Blarney Stone vorbeiführte, dachte ich, diese gigantische Besucherattraktion guckst Du Dir an.

Bis ich dort landete, fuhr ich dreimal daran vorbei, ich sage nur Wegweiser in Irland: immer leicht angetüdelt, also schwankend, was die Ausrichtung betrifft.

Das Gute an Touristenmagneten ist, dass sie hervorragend organisiert sind. Es gibt Parkplätze, Toiletten, Cafés und Souvenir-Shops.

Der Blarney-Stone ist weltweit berühmt für die Küsserei. Man knutscht einen Stein, wird nicht für bekloppt gehalten und vergisst, dass man dafür zahlen musste. Wunderbar. Angeblich soll derjenige, der den Blarney-

Stone küsst, seine Fähigkeit zum Schnacken zum Vorteil verändern. Wer vorher hölzern und flegelhaft mit seiner Sprache daherkam, wird nach dem Kuss geschmeidiger, verführerischer und überzeugender. Praktisch genau der Wallfahrtsort für holprig-ungelenke Politiker. Nach dem Kuss dürften diese mit Leichtigkeit Atomkraftwerke als erneuerbare Energie verkaufen und eine Rentenkürzung so verkünden, dass anschließend alle in Jubel ausbrächen.

Meine zwei Gedanken zum Blarney Stone: „Das kann nur unhygienisch sein" und „Ich kann doch schon gut schnacken und schreiben".

Als ich endlich beim Blarney Castle aufschlug und einen recht angemessenen Eintrittspreis zahlte, überraschten mich die herrlich großzügig angelegten Gärten. Der Farngarten, der Felsengarten und der Boggarden, in dem es sumpfig und moorig war. Dort gab es den „Giant Rhurbarb", Wasserfälle und es lag eine wunderschöne Zeitlosigkeit in der Luft. Ich ließ mir Zeit und genoss es, die Gärten fast für mich zu haben, denn die Mehrzahl der Besucher konzentrierte sich auf das Schloss und den Stein. Sicher werde ich das noch öfter schreiben: der Schlüssel Schönheit zu genießen, ist, sich Zeit lassen. Husch, Husch und Häkchen dahinter funktioniert nicht. Für das Blarney Anwesen kann man gut und gerne einen halben Tag einplanen.

Irgendwann fühlte ich mich bereit den Blarney Stone anzugucken. Ich war wirklich gespannt auf diesen sagenhaften Stein. Also schlenderte ich zu dem Schloss, ging einmal herum. Nichts. Nur ein Kiosk mit Souvenirs. Ich ging in die Ruine und entdeckte ein Schild: Blarney Stone mit einem Pfeil nach oben, also begab ich mich zur Steintreppe und schaffte ca. zehn Stufen um hinter zwei verharrenden Männern stehenzubleiben. Als ich nach zehn Minuten zu einer weiteren Treppe um die Ecke trat, erkannte ich, dass nicht zwei Männer warteten, sondern hundert Menschen und zwar den ganzen Turm hoch. Es waren vier Stockwerke auf schmalen mittelalterlichen Steintreppen mit niedriger Decke. Nach einer Stunde erahnten meine Augen den Blarney Stone 20 Meter entfernt. Wie Menschen, die sich taufen oder segnen lassen wollen, warteten überwiegend Amerikaner geduldig auf den Moment, den Blarney Stone zu küssen. Auf einer gut gepolsterten Unterlage legte man sich rücklings auf den Boden, ein Mann, tat nichts anderes als seine Hände um die Hüften aller küssenden Menschen zu legen, damit sie nicht vom Turm fallen. Daneben stand ein betagter Ire, der genau in dem Moment des Küssens auf einen Knopf drückte um diesen lebensentscheidenden Augenblick fotografisch festzuhalten. Das Foto konnte man später am Kiosk erwerben. Ein breites Grinsen auf meinem Gesicht: die Iren! Wie schlau ist das denn, einfach mal behaupten, so ein oller Stein ganz oben auf einer Schloßruine habe magische Kräfte und schwupps kommt die halbe Welt zum Küssen vorbei und lässt richtig viele Goldtaler da. Hut ab!

Um die Wartezeit oben auf dem Turm auf der Zielgerade ein bisschen abwechslungsreich zu gestalten, kann man auf altmodischen Informationstafeln etwas über das Wort „Blarney" im Vergleich zu „Baloney" lesen. In Kürze: dass eine ist charmantes einschmeicheln und das andere ist das dickaufgetragene „einschleimen". Weiter las ich, welche Berühmtheiten den Stein mit ihren Lippen berührt hatten und kurz schwankte ich: Marlon Brando! Sollte ich vielleicht doch... meine Lippen, wo die Lippen Marlon Brandos... ah, nee, ich lasse es.

Der Text auf dem nächsten Schild drückt Verwunderung aus, nämlich darüber, dass George Bernard Shaw auf das Küssen des Blarney Stones verzichtete und dies mit folgenden Worten begründete „....that it was not necessary for him to seek eloquence at Blarney...eloquence I have enough"

Welch' erfrischendes Selbstvertrauen.

So hüpfte ich froh am Blarney Stone vorbei und verließ leichtfüßig das Schloss um im versteckten Farngarten meinen Gedanken nachzuhängen, ein bisschen zu schreiben und das wunderbare Grün zu genießen.

Bantry
Instant-love

In die Stadt Bantry verliebte ich mich augenblicklich. Eine kleine emsige tidenabhängige Hafenstadt mit einer leichten Hippie-Atmosphäre. Ich fand mit Leichtigkeit einen Tearoom, der die Möglichkeiten der neuen leckeren gesunden Küche, wie Rote-Beete-Salat, mit den traditionellen Angeboten wie einem Lemon Sponge-Cake mixte. Es gab eine Buchhandlung, die Individualität und Unabhängigkeit ausstrahlte und einen Haushaltwarenladen, der aus einer vergangenen Zeit zu sein schien. Dort kaufte ich mir mein Urlaubsbesteck: Gabel, Löffel und Messer.

Von Blarney begab ich mich nach Bantry und obwohl die Entfernung von 84 km nicht weit klang, war der Weg dorthin sehr verworren – es gab einfach eine ganze Zeitlang keine gerade Strecke dahin. Schon allein die richtige Straße aus Blarney heraus zu finden, brauchte einige Wendemanöver. Irgendwann landete ich endlich auf der R

579. Schön wäre es gewesen, wenn ich nach diesem Straßendurcheinander einfach eine direkte Straße nach Bantry gefunden hätte. In Coachford folgte ich der R 619 überquerte die N 22 um dann nach einigem hin und her in Crookstown auf die R 585 zu gelangen. So näherte ich mich Bantry von der nördlichen Route. Auf der R 585 entspannte ich und nahm wieder die Schönheit Irlands wahr. Die grünen Berge – sanft und majestätisch mit einem Hauch Wildheit. So schön. Dennoch fuhr ich weiter. Das wäre noch zu lernen: einfach mal anhalten und die Landschaft wirken lassen. Beim Gehen und Schlendern ist das kein Problem. Im Auto ist der Drang vorwärts zu kommen groß, man ist sozusagen zielfixiert. Die R585 ging in die R584 über und diese Straße endete in Ballylickey. Drei Kilometer südlich lag endlich Bantry.

Inzwischen war meine Aufmerksamkeit erschöpft und die vielen Autos und Menschen in Bantry verströmten eine Atmosphäre von unglaublichem Rumgewusel. Als ich mit meinem

Seitenspiegel gegen einen Lieferwagen ditschte und irgendwie plötzlich das Fahren auf der linken Seite satt hatte, spürte ich, dass eine Art Unfallgefahr in der Luft lag, deshalb hielt ich kurzerhand am Straßenrand der New Street und sammelte mich. Ich brauchte eine längere Pause. Auf der anderen Hafenseite entdeckte ich einen Parkplatz der einfachen Art. Eine Fläche mit Schotter – aber direkt an der Innenstadt und somit eine Gehminute von der Tourist-Information entfernt.

Als ich in eine Parklücke reinfuhr, hielt ich inne: zwei Einkaufswagen guckten mich an. Jeder kennt die unvorhersehbaren Bewegungen von Einkaufswagen und ich wollte keine Lackschäden riskieren. Also Rückwärtsgang rein, nächste freie Parklücke und dort standen wieder zwei Einkaufswagen. Merkwürdig, vor allem weil kein Supermarkt weit und breit zu sehen war. Schließlich fand ich eine einkaufswagenfreie Parklücke und begab mich leichten Schrittes zur Tourist-Information. Auf dem Weg dahin überquerte ich den schmucken Wolf Tone Square der mit vereinzelten Einkaufswagen dekoriert war. Auf den Bürgersteigen – vor parkenden Autos, an Parkuhren, an Straßenlaternen überall Einkaufswagen. Bantry war übersät von Einkaufswagen. Wo war der Supermarkt dazu? War das ein Kunstobjekt?

In der Tourist-Information ergab sich eine nette Plauderei, weil sich herausstellte, dass die Frau, die dort arbeitete, in ihrer Freizeit bosselte und so erzählte ich von unseren Deichen und Feldwegen. In dieser freundschaftlichen Atmosphäre fragte ich, ob die Einkaufswagen ein Kunstprojekt seien. Vor Lachen warfen sie und ihr Praktikant sich fast auf den Boden. Nein, das seien die Einkaufswagen von SuperValue, kein Mensch brächte die Wagen zurück, da müsste man den Weg ja zweimal umsonst gehen.

Später, sehr viel später, kam mir der „Hätte"- Gedanke: ich hätte alle Einkaufswagen zusammensammeln sollen und diese große Blechgitterraupe auf den

Wolf Tone Square tatsächlich zu einem Kunstwerk arrangieren sollen. Was für ein Hingucker.

„Schick mir mal eine Karte aus Avoca!"

Unwiderstehlich   widerstandsfähig: Postkarten

Erstaunlich unbeeindruckt, sich selbstgenügend, bleibt die Postkarte, trotz der neuen Kommunikationstechnologien, im Leben der Reisenden und der Zu-Hause-Gebliebenen bestehen. Es wirkt sogar so, als bekäme sie mehr Anerkennung als vor der SMS- und E-Mail-Zeitrechnung. Früher wurde vereinzelt abfällig über Urlaubspostkartenschreiber gelästert, ja sie wurden sogar in die Ecke der Spießigkeit gestellt. Davon hört man nichts mehr.

Das zweitschönste, was in einem Postkasten liegen kann, ist eine Postkarte. Ein bunter Glücksmoment im Alltag. Ein Zeichen der Sympathie – einfach so. Es soll Menschen geben, die sich nicht über Kartengrüße freuen, die sogar sofortig verkrampfen, weil sie glauben, sie seien nun verpflichtet, in ihrem nächsten Urlaub auch Postkarten zu schreiben. Irgendwann sollte man sich von der 1:1-Denke verabschieden: Geschenk – Gegengeschenk.   Kompliment   -

Gegenkompliment. Einfach wirken lassen und genießen. Irgendwie verliert ein Geschenk, ein Kompliment seinen Zauber, sobald man versucht es auszugleichen. Derjenige, der keine Karten aus dem Urlaub verschickt, schreibt vielleicht unglaublich tolle Weihnachtskarten oder ruft an oder trifft sich lieber zum Kaffee oder genießt einfach nur ausschließlich. Das ist dann so.

Formvollendet sind diejenigen, die Postkarten selber malen und verschicken. Das bewundere ich. Ein DIN-A-6 Aquarell aus der Bretagne nach Dithmarschen. Eine kleine Scriptolzeichnung eines Singvogels, leicht mit Buntstiften koloriert aus Dänemark nach Dithmarschen. Klasse. Ich hörte von einem Dithmarscher, der die geniale Idee hatte, sich im Urlaub vier Postkarten auf einen Tisch zu legen und diese so zu beschreiben, dass der Gesamttext nur verstanden werden würde, wenn alle Karten wieder beieinanderlägen. Verschickt wurden die Karten an vier verschiedene Freunde, so dass die einen tollen Grund bekamen, sich zu treffen.

Menschen, die gerne Urlaubskarten schreiben, dürfen nie aufhören, nie.

Vor der Mobilphone-Zeit konnte man schon unerreichbar sein, sobald man die Elbe überquerte oder über die dänische Grenze fuhr, nein, eigentlich sogar schon, wenn man auf Amrum Urlaub machte. In wirklich wichtigen Situationen gab es Suchrufe im Radio, die nicht ohne Dramatik vom Moderator gesprochen wurden.

Aufgrund dieser unkomplizierten Unerreichbarkeit sah ich das Schreiben von Postkarten immer als Versendung eines Lebenszeichens an. Ich schrieb jedes Mal so, dass meine Oma ihre Postkarte eine Woche später als meine Eltern bekam – auch meine Freunde bekamen zeitversetzte Nachrichten, so dass, so meine damalige Denke, wenn ich mal verlorenginge, die Polizei genügend Anhaltspunkte haben würde, um meine Reiseroute nachzuvollziehen. Das Datum ordentlich lesbar, neben dem Aufenthaltsort.

Ein schöner Nebeneffekt sind die Besuche bei den Postämtern der jeweiligen Länder, gerade wenn man Sammlermarken verschicken möchte. Mit Glück sitzen hinter den Schaltern Briefmarkenliebhaber – die reißen sich ein Bein für einen aus. Leider hat Irland in den letzten Jahren was Briefmarken betrifft abgebaut. Es gibt fast nur noch aus dem Computer gedruckte. Langweilig.

Es ist wundervoll in einer fremden Stadt in einem Café zu sitzen und Postkarten zu schreiben. Ein Hauch künstlerischer Leichtlebigkeit.

Wir waren in den 90ern eine wahre Postkartenschreiber-Clique - auch außerhalb des Urlaubs. Wir spornten uns gegenseitig an - immer auf der Suche nach genialen Motiven für den jeweilig anderen. Damals bekam ich ungefähr 60 Postkarten im Jahr. Das lag daran, dass ich schlauerweise einen „Green Door Award" ausgerufen hatte. Jede mir zugeschickte Postkarte wurde an eine grüne Tür geklebt. Zwischen Weihnachten und Neujahr lud ich zur Prämierung der schönsten Postkarte ein. Jeder Gast durfte seine fünf Lieblingskarten auf eine Liste schreiben. Es gab sehr viel Sekt in einer lustig durchgeknallt-aufgeregten Atmosphäre. Heute sind es vielleicht gerade zehn Postkarten im Jahr. Aufgrund dieser Postkartenschreiberei befinde ich mich nach wie vor stets auf der Suche nach schmucken Karten und so liegen ständig um die 200 Stück bei mir auf Halde. Manche warten seit mehr als dreißig Jahren auf ihren Einsatz und tatsächlich ist es nicht unmöglich, dass ich eine uralte Karte verschicke, weil sie gerade in dem Moment wirklich genau richtig ist. Schon sehr lange wartet eine Postkarte, mit einem Foto von James Cagney als Motiv, der eine Pistole in der Hand hält und schreit: „You dirty rat!" oder ein gemaltes Plakat von 1920 mit dem Titel „Native Love". Eines Tages gehen auch diese Karten in die Post.

Ein Abend an der Bantry Bay

Mein B&B an der Bantry Bay lebt nicht nur von der Zimmervermietung sondern auch von Milchkühen. Als ich morgens in den Melkstand reinguckte, überraschte mich, dass dort tatsächlich schwarzbunte Holstein-Rinder standen. Keine Dexter-Rinder. Keine Jersey-Rinder. Fühlte sich ein bisschen nach zu Hause an. Eine andere Überraschung war der Tennisplatz mitten im Bauerngarten. Später erzählte mir jemand, B&B's, die einen Tennisplatz bauten, bekamen Zuschüsse. Der Trick war wohl, einen Tennisplatz so zu bauen, dass man selbst noch ein bisschen etwas über hatte. Ich weiß nicht, ob das stimmt. Für die Gäste gab es ein wunderschön altmodisches Wohnzimmer. Dort konnte man mit Blick auf die Bantry Bay am Fenster sitzen und Postkarten schreiben, was ich tat. Dympna brachte mir Tee und Kuchen, was eine oft anzutreffende Geste des Willkommens in kleinen Bed & Breakfast-Häusern ist. Im Laufe des Schreibens und Teetrinkens kamen immer wieder neue Gäste an. Sie hielten mich für die Hausherrin, weil ich so heimisch in der Stube saß und ihre Fragen beantworten konnte. Diesen Status genoss ich einige Augenblicke. Dympna, die echte Hausherrin, hielt mich für eine Amerikanerin, weil sie meinen Akzent nicht zuordnen konnte. Das freute mich. Irgendwann kam Cynthia aus Ohio hineingeweht. Sie sah mich, wir machten einander bekannt. Sie habe eine Flasche Wein im Gepäck, ob wir die zusammen trinken wollten. Ich fand das klasse und sagte, ich könne einen irischen Cheddar und Brot beisteuern.

Gerade als wir, auf die Bucht von Bantry hinausblickend anfingen den Wein zu genießen, gesellte sich Stefan zu uns. Es gab noch ein bisschen mehr Wein und Käse und in einer angenehmen Atmosphäre plauderten wir freundschaftlich. Nach einer Weile war uns nach einem Spaziergang – irische Landschaft, irisches Meer fühlen.

An Irlands Westküste liebe ich, dass es die grünen Berge und das Meer gleichzeitig gibt, dass die Straßen schmal sind, der Himmel weit und zwischen verschiedenen Blau- und Grünschattierungen blühen im Juni am Straßenrand pinkfarbene Fingerhüte, in Englisch „Foxgloves". Mich verführt die Landschaft zum Gehen, der Straße folgen und gucken was kommt.

Beim Schlendern am felsigen Strand sammelte ich nach zwanzig Jahren erstmalig wieder Napfschneckengehäuse und fühlte mich wie ein junges Ding, weil, eigentlich hatte ich mich in all den Jahren zu einer Liegenlasserin entwickelt. Cynthia guckte auch auf den Boden und sammelte Steine. Davon war ich definitiv weg. Ich sage nur Kofferschwere. Stefan guckte auf das Meer.

Stefan erzählte, er sei verlassen worden, ein paar Tage vor seinem Urlaub. Er wusste, dass seine Freundin eine verheiratete Frau war. Aus heiterem Himmel wollte sie wieder ausschließlich für ihren Mann da sein. Eines Abends sei sie vorbeigekommen und habe sich von ihm verabschiedet. In dieser melancholischen Stimmung am Meer, kam mir der abwegige Gedanke, was wohl wäre, wenn es keine Affären mehr gebe, wenn

Männer und Frauen in ihrer Ehe ohne Ausweichmöglichkeiten blieben. Gebe es dann wahrhaftigere Ehen oder würden Männer und Frauen sich schneller trennen um wirklich bei dem Menschen zu bleiben, wo Treue Spaß bringt?

Als wir uns wieder auf den Rückweg machten, legte Stefan den Arm um mich. Anfangs schwieg ich und genoss diesen Rugbyspieler-Arm um meine Schultern, bis ich dann doch mein Schweigen brach: „Weißt Du, für Liebe braucht es Mut und Zuversicht." „Wie meinst Du das?", fragte Stefan. „Stell Dir mal vor, mitten im Leben begegnest Du jemanden, der genau Deiner Essenz entspricht, damit meine ich, dass es passt und sich stimmig anfühlt. Dann kriegt man doch einen gewaltigen Schreck und denkt, „das kann nicht sein". Und dieses „Das kann nicht sein", wächst bei Angst und mangelndem Zutrauen ins Unermessliche. Vorsichtshalber macht man das Fantastische lieber kaputt. Kaum jemand traut sich Glück." Stefan drückte mich ganz fest an sich: „Irland scheint ja ein echtes

Auffanglager von gebrochenen Herzen zu sein."

Lächelnd begaben wir uns in die gute Nacht. Wir tauschten keine Kontaktdaten aus. Wir waren Wanderer, die ein Stück gemeinsamen Weges gingen.

Go raibh maith agat! Danke. Thanks.

Seemannsbraut-Lieblingsplatz I
Mizen Head Signal Station

Am südwestlichsten Punkt Irlands liegt, spektakulär auf einer kleinen Felseninsel der Leuchtturm Mizen Head. Von einer Festlandklippe führt eine Fußgängerbrücke über tosendes Meer zur Insel, die ein Leuchtfeuer und das ehemalige Leuchtturmwärterhaus beherbergt. Als 1993 sämtliche Leuchttürme und Signalstationen automatisiert wurden, endete für die Menschen um Mizen Head eine „Gute-alte-Zeit"-Idylle und weil die Menschen um Mizen Head herum doch an ihrem Leuchtturm hingen, entwickelten sie die Idee, die Signal-Station für die Öffentlichkeit zugänglich zu machen. Es bedurfte Beharrlichkeit, die skeptischen „Commissioners of Irish Lights" (so etwas wie das Wasser- und Schifffahrtsamt) zu überzeugen. Letztendlich klappte es und aufgrund des hohen Besucheraufkommens ist es für alle gut geworden.

Nun befand ich mich schon im nördlich gelegenen Bantry als ich den Flyer von Mizen Head entdeckte und obwohl Reisende ungern rückwärts reisen, zog mich die Attraktivität dieses außergewöhnlichen geographischen Punktes an und so beschloss ich am nächsten Morgen die 60 km zurück in den Süden zu fahren.

Aus der Erfahrung heraus, machte ich mich wieder früh vom Hof, was in Mizen Head mit einem wohltuend leeren Parkplatz belohnt wurde. Die Straßen sind in der Früh leer und so ist es auf den Nebenstrecken möglich, die Landschaften während des Fahrens zu genießen. Immer wieder überrascht es mich, dass mitten in der Landschaft schmucke Dörfer mit Persönlichkeit auftauchen. Goleen gehört dazu. Wunderschön abgestimmte blau-türkis-grüne Hausfassaden, ein Cupcake Laden, uralte, aber funktionierende, Tanksäulen auf dem Bürgersteig und ein sehr modernes Mizen Head-Besucherzentrum entdeckte ich während meines Minutenaufenthalts. Um nach

Mizen Head zu kommen, gibt es von Goleen aus zwei Möglichkeiten. Nimmt man die R 591, kann man sich Crookhaven, als eine erneute Ausgabe von „Am Ende der Welt" angucken, mit kleinem Hafen und als Akzent „Jorgs Goldschmiede". Das zeichnet das ländliche Irland aus: Individualisten lassen sich irgendwo mit einem Geschäft nieder und setzen damit ein weltkluges Ausrufungszeichen. Ein Schleichweg, der an einer Bucht mit Sandstrand vorbeiführte, brachte mich nach Mizen Head.

Jede Seemannsbraut sollte einmal auf dem Felsen vor dem Signalhaus stehen und auf den Horizont schauen, sehnend, liebend und mit bebendem Herzen unterm Busen. Meine Uroma war tatsächlich eine Seemannsbraut und ich war im erweiterten Sinne für drei Jahreszeiten auch eine Seemannsbraut. Es ist nämlich egal, ob man am Meer auf die auftauchenden Segel am Horizont wartet oder über die weiten Felder nach den Scheinwerfern des Autos vom Liebsten Ausschau hält oder auf das Geräusch der Autoreifen auf der Auffahrt lauscht. Eine Seemannsbraut wartet und weil sie um die Kostbarkeit der Zeit weiß, bereitet sie alles vor, will keine Sekunde mit schnöden Alltagsdingen vergeuden oder den Mann mit Problemen behelligen, die sie selbst lösen kann. Sie macht vieles mit sich selber aus. Eine Seemannsbraut trägt eine innere Kraft, die der Mann nie zu Gesicht bekommt, all die einsamen Nächte, die Sehnsucht nach seinen Armen... und deshalb zählt, in ihrer gemeinsamen Zeit, nur die Essenz des Miteinanders. Mit diesen Gedanken stand ich da an der Inselspitze hoch über dem Meer auf den Horizont blickend.

Eine Piratenbraut dagegen ist in Bewegung, eine Macherin und Eroberin. Aushalten können, ist nicht ihre Stärke. Ohne Anhaftungen segelt sie über das Meer.

In den 80ern bekam ich Briefe von einem Hamburger Biologie-Studenten, geschrieben in königsblauer Tinte. Ein Brief endete mit den Worten: „Vor Dir das Meer hinter dir die Waschmaschine". Das beeindruckte mich sehr und jeder, der mir damals über den Weg lief, bekam diesen Satz zu hören oder zu lesen. Das war der Spruch einer wahren Piratenbraut. Inzwischen weiß ich, dass dieser Satz von Peter Rühmkorf stammt. Damals konnte ich mir niemanden, wirklich niemanden, vorstellen, der sich für die Waschmaschine entscheiden würde.

Nun stand ich in echt an einem Ort, wo es zutraf: vor mir lag das Meer und hinter mir im Haus des Leuchtturmwärters stand die Waschmaschine. Auch jetzt, wer würde sich für die Waschmaschine entscheiden?

Was wäre mit „Vor Dir das Meer, hinter Dir der Land Rover", schließlich steht auch der Land Rover für Freiheit und Abenteuer oder „Vor Dir das Meer, hinter Dir das Vieh?" Das Vieh als Symbol für Verlässlichkeit, Bodenständigkeit, Liebe zur Heimat, für: zu jemanden gehören... da schwankt das Herz und weiß nicht wohin... Piratin, Seemannsbraut oder Königin?

Vor Dir das Meer hinter dir das Smartphone? Würde mein Patenkind Jona jetzt antworten, „ich kann mir echt niemanden, wirklich niemanden vorstellen, der sich für das Meer entscheiden würde?"

Gülle
heißt auf Englisch: Slurry

Von Landwirtschaft habe ich wenig Ahnung. Über die Jahre eignete ich mir ein paar Schlagworte an, die einen Landwirt beeindrucken können, z. B. Ketose, mittelrahmige Kühe, Mastitis, Flotzmaul, Rüsselscheibe, Angeliter. Mit Oxytocin im Zusammenhang mit der Milchabgabe, Milchspeicherung und dem Milchejektionsreflex übertrieb ich es bei einem Hoffest. Wie schnell mein Gesprächspartner sich dem gegrillten Schweinenacken zuwandte... das war eindeutig zu viel Wissen. So blieb ich bei leicht verdaulichen Akzenten. Inzwischen spreche ich auch Charolais richtig aus. Vorher hieß es bei mir selbstverliebt schwadronierend Charlois. Ein gradliniger Milchbauer klärte mich ohne Umschweife auf.

Aufgewachsen bin ich in einer Familie von Schraubern, Krämern und Lehrern Somit gilt mein erster Besuch in anderen Ländern den

Supermärkten. Sie faszinieren mich kaum weniger als ein Museum. Andächtig schreite ich von Regal zu Regal und gucke mir minutenlang die einzelnen Warenangebote an. Nicht selten machen die dortigen Einkäufe später ein Drittel meines Koffergewichts aus. Nach den Supermärkten folgen die Schreibwarengeschäfte, die sogenannten „Stationary-Shops".

Meine Vernunft setzt regelmäßig komplett aus. Es ist ja nicht so, dass es zu Hause nicht auch Papier zu kaufen gäbe, aber die irischen, englischen, italienischen und amerikanischen Schreibsachen haben das gewisse Etwas – man wird wie von selbst zum Schreiber. Ich kann nie genug Collegeblocks, Schreibheften und Briefumschlägen kaufen und die sind dann meistens der Tod meines Reisegepäcks.

Einige Vorfahren unserer Familie waren Bauern und immerhin ist genug in meinem Genpool gelandet, dass ich jedes Jahr nahezu berauscht über die NORLA spaziere, mich auf jeden möglichen Trecker setze oder mir eine fiktive Einkaufsliste von möglichen Rindern und Hühnern mache.

In jungen Jahren hatte ich mal etwas mit einem Bauernjungen namens Karl, den lernte ich bei einem Volkshochschulkurs kennen. Auf seinem elterlichen Hof half ich ab und an beim Melken, völlig hin und weg, kindlich-euphorisch sozusagen, hangelte ich mich zwischen den warmen dickbäuchigen Kühen herum. Das vor noch vor der Zeit der Melkstände. Nach dem Melken bekam ich ein Glas Milch, ein Mettwurstbrot und 10 Mark persönlich von Karl's Vater ausgehändigt. Das fand ich rührend, weil ich schon mein eigenes Geld verdiente. Ich sagte jedes Mal, „das Geld spare ich für eine eigene Kuh", was ich zu der Zeit durchaus in Betracht zog. Strohballen abladen, ein bisschen Trecker fahren... all das fand ich schön. Leider fand Karl mich dann doch etwas zu seltsam, und obwohl er der einzige Mann in meinem Leben war, mit dem ich meine, nur in England erhältliche, Lieblingsschokolade teilte, schrieb er mir während des Norwegisch-Kurses einen kleinen Zettel, den er, wie früher in der

Schule, von einem Teilnehmer zum anderen weiterreichen ließ, damit er bei mir landete: „Es ist aus. Es geht nicht mehr. Ich mach' Schluss. Nie werde ich Dich lieben." Jetzt, 30 Jahre später, denke ich, er hätte es wenigstens in Norwegisch schreiben können. Das geschah kurz vor meinem Geburtstag und ich weiß noch, dass ich heimlich auf ein frischgeborenes Kalb als Geschenk hoffte. Bis ins kleinste Detail malte ich mir damals die Szene in meiner Tagträumerei aus, wie er mich an die Hand nehmen würde und wir dann im Stall ergriffen auf ein Kalb guckten und Karl dann: "Das Kalb ist für Dich und Du darfst IHR jetzt einen Namen geben". Ich hätte es „Maeve", nach einer irischen Königin aus der vorchristlichen Zeit, genannt.

Damals haute es mich von den Füßen, denn nach dem Zettel, guckte er mich nie wieder an und sprach kein Wort mehr mit mir. Bis heute frage ich mich, ob er von mir überzeugt werden wollte, dass ich die richtige Frau für ihn sei. Zu der Zeit stand ich sehr unter dem Einfluss von Jane Austen und blieb deshalb königlich zurückhaltend, reiste lieber nach Irland und weinte mit dem irischen Regen. Was ich wirklich an Karl mochte, er hätte ohne zu lästern mit mir die Bay City Rollers gehört, wären diese zu dem Zeitpunkt noch für mich aktuell gewesen. Dies und seine überraschend sanfte Sensibilität... „stunned me"...machten mich für Momente fassungslos vor Liebe.

Der irische Südwesten ist von der Landwirtschaft geprägt. Irische Farmer sind in meinen Augen meisterlich im Improvisieren, eine Mischung aus plietsch und splienig, haben ein nahezu kindliches Gottvertrauen, frei nach „dat löpt sik schon torecht" und die unglaubliche „Blarney Stone"- Fähigkeit, also rumzutünen wie Käptn Blaubär und gleichzeitig glaubwürdig zu wirken.

Paletten können auch Weidetore sein und warum einen Futtersack für die Pferde kaufen, wenn eine Plastiktüte denselben Zweck erfüllt?

Während ich über die Dörfer und durch die liebliche Landschaft Tipperary's fuhr und immer wieder kilometerlang frische Gülle roch, hörte ich das irische Radio. Unauffällig schwebte das Wort " lullaby milk" in meine Ohren. Als es endlich in mein Bewusstsein drang, stutze ich verunsichert: „Worüber reden die? Das kann nicht sein. „Lullaby Milk"? Wiegenlied-Milch?" Mein plätscherndes Dahinfahren bekam einen spontanen Aufschwung. Eine Milch, die von Kühen kam, die um 3 Uhr nachts gemolken wurden. Für Menschen, die unter Schlaflosigkeit leiden. Da muss man mal darauf kommen. Während die Milchbauern zu Hause in den höchsten Tönen Jammern, treffen sich die Iren bei einem Guinness und tünen sich nicht nur eins zu Recht, sondern setzen ihren „Blarney" in die Tat um. „The new magic food", lautet der Slogan. Oder ist es vielleicht wahr und ich sollte einfach mal zu Hause einen Milchbauern bitten, für mich eine Kuh um 3.00 Uhr nachts zu melken, damit ich deren Einschlaf-Wirkung selbst ausprobieren kann.

Jeder Schleswig-Holsteiner, der halbwegs ins Landleben eingebunden ist, kennt das blaue Band, das erweiterte Schweizer Offiziersmesser der Landwirte. In Irland entdeckte ich, dass das blaue Band international ist und auch hier dazu dient, Fehlendes zu ersetzen. Wie zum Beispiel die zerfledderte Trense eines Kutschpferdes zusammenzuhalten und ich fragte mich: hat hier auch jeder irische Farmer und Kutscher eines in der Hosentasche?

Das blaue Band fand seine Steigerung in einem blauen Seil, welches sorglos aus einem Anhänger sieben Meter lang heraushing und auf dem Asphalt schleifte als ich daran vorbeiging. Ladungssicherungsnetze finden ihre Erfüllung... in Deutschland. Das Auto mit Anhänger musste anhalten um Vorfahrt zu gewähren. Hinter ihm ein schwarzer BMW-SUV und ich dachte, das kann gefährlich werden, wie immer, wenn jemand auf einen offenen Schnürsenkel, ein liegende Führleine usw. tritt, also trat ich mit all meinen Taschen zwischen beide Autos auf die Straße und griff mir mit einer Hand das Seil, zog es erstmal zu mir und versuchte es auf den Anhänger zu wuchten, was nicht gleich gelang. Der Fahrer und sein Mitfahrer guckten gebannt in den Rückspiegel, ließen mich gewähren Als ich wieder auf dem Bürgersteig stand, gab es ein kurzes Hupen beim Wegfahren, während ich von den Anzugtragenden SUV-Fahrer die Geste „Beide Daumen hoch" und ein anerkennendes Nicken bekam und ich dachte: „Yeah, Superwoman hat wieder die Welt gerettet."

Das ist das irische Gottvertrauen. Irgendjemand passt schon auf, regelt es - und so ist es.

Parkbank-Hopping

Es begann im Garten der Quelle Chalice Well in Glastonbury. Dort entdeckte ich das Vergnügen einen Nachmittag lang von einer Parkbank zur anderen zu wechseln. Es ist die höchste Kunst des Müßiggangs und tut unglaublich gut.

Glastonbury liegt in Somerset, England. Der Legende nach befindet sich hinter den Nebeln die mystische Insel Avalon. In Glastonbury füllt sich mein Herz stets mit klarer Lieblichkeit. Das englische Kleinstadtleben und die quirligen New Age Menschen leben einträchtig nebeneinander, was wohl daher rührt, dass in England schon immer Druiden und andere magisch Angehauchte als selbstverständlich angesehen wurden. Neben dem Glastonbury Tor und der Glastonbury Abbey gibt es die heilige Quelle Chalice Well. Viele Mythen ranken sich um das Wasser der Quelle und seit langer Zeit gibt es eine Gruppe von Menschen, die auf diese Quelle aufpassen. Ein großer Garten wurde angelegt, der so viel Frieden, Stille und heilende Energie ausstrahlt, dass die größten Hektiker für kurze Zeit innehielten, fänden sie den Weg dorthin. Dass es Menschen gibt, die solche magischen Orte behüten, ist eine rare Kostbarkeit.

Damals setzte ich mich im Schatten der Bäume auf eine Parkbank und… tat nichts. Ab und zu trank ich vom Quellwasser, schrieb etwas in mein Reisetagebuch, genoss die abgeklärte Schönheit und die kontemplative Atmosphäre. Als mir langweilig wurde, wechselte ich die Parkbank. Im Laufe des Nachmittags genoss ich fünf Holzbänke und veränderte meine Perspektive minimal, sah Leute kommen und gehen, verschmolz mit dem Garten. Das tat mir so gut, dass ich dies am nächsten Tag in der Glastonbury Abbey wiederholte.

Inzwischen ist das Parkbankhopping eine meiner Lieblingsbeschäftigungen im Urlaub. So viele Gärten Irlands, wie der Mount Usher Garden, Garnish Island, Powerscourt Garden und Muckross Garden wurden so zu Erdenstücken, die gut verwurzelt in meiner

Erinnerung ruhen. Es ist ein vortreffliches Labsal für die Seele, dieses Nichtstun in einer Umgebung von Blättern und Blüten, die Augen gefüllt mit Schönheit.

Eines Tages werden meine Reisetagebücher „ Aufzeichnungen von der Parkbank" heißen.

Parkbänke, Gartenbänke, Waldbänke sind eine wunderbare, zeitlose und ewig romantische Erfindung, die ihre Vollendung in Irland und England finden: elegant und tragende Stabilität und aus Holz.

Parkbänke sind für Liebespaare, Ehepaare, Freunde, für romantisches Händchenhalten, für ernste und offene Gespräche, bei denen man lieber auf den Horizont guckt als in die Augen seines Gesprächspartners. Sie sind dazu da, Zeit Zeit sein zu lassen, um zu verschnaufen oder um allein drauf zu sitzen um nachzudenken, um etwas auf die Reihe zu bekommen. Sie ist der Anker und der Aufenthaltsort für Dinge, für die ein Zimmer zu beengt wäre. Eine Parkbank verlassen, bedeutet immer Aufbruch, entweder weil man etwas erkannt hat oder Kraft geschöpft hat oder das gesagt wurde, was gesagt werden sollte.

Deshalb ist es wichtig, dass man gerne auf Parkbänken sitzt, dass sie kommod sind, hyggelig. „Comfy" wie es im Englischen heißt.

Die einfachen Holzbänke im Wald strahlen Charme aus. Die Plastikbänke aus den Siebzigern, meistens gestiftet von den Banken aus dem Dorf, erfüllten auf jeden Fall die Funktion des Ruhens und manchmal auch die eines Treffpunktes für Jugendliche.

Galaxien entfernt von der gediegenen Welt der Parkbänke sind die funktionalen Stahlgitterkonstruktionen in einigen Städten Schleswig-Holsteins. Diese an Einkaufswagen erinnernden Bänke bescheren einem nicht nur eine Blasenentzündung, sondern zusätzlich einen Grillrost-Abdruck auf dem Po – kein Mensch setzt sich länger als nötig auf diese gefühlskalten Konstrukte. Soweit weg von kommod, hygge, comfy kann man gar nicht sein. Um sich davor zu schützen, empfehle ich einen „Parkbank-Atlas für Schleswig-Holstein – Orte des Abhängens und des Sinnierens".

Die Brücke von Mizenhead

Jeder kennt bis zum Abwinken die seltsame Idee, an Brücken Stahlschlösser anzubringen, die sogenannten Liebesschlösser, die dann irgendwann Brücken fast zum Einstürzen bringen. Ist noch keiner auf die Idee gekommen, dass ein Schloss nicht gerade ein schönes Symbol für die Liebe ist? Aber klar erkennen das einige, nämlich die, die es nicht tun und vielleicht auch denken, so ein Liebesschloss wirkt eher wie ein Schlusspunkt: „...und gefangen bist Du!" Ist die Liebe nicht vielmehr ein Fluss, den man weder einsperren noch blockieren darf, sondern ihn durch die Quelle der Zuneigung speist, so dass das Fließen niemals endet.

Aus diesem Grund fand ich die Brücke von Mizenhead originell: keine Schlösser, sondern Haarbänder, das Symbol für Freiheit und ein eigenständiges Leben, hingen an der Brüstung. Ich entdeckte auch ein Schleifchen aus Schokoladenpapier. Lustig. Während meiner darauffolgenden Autofahrten sinnierte ich ab und an über meinen Beitrag an der Brücke. Was würde ich an das Brückengitter knoten?

Einen Schnürsenkel? Was soll das aussagen? Eine Büroklammer oder ein rotes Gummiband weil ich im Büro arbeite. Naja, schon ein bisschen trutschig. So wirklich ohne Ausrufungszeichen. Eine Chirurgin könnte ein Stück Operationszwirn als Schleife befestigen und ein Angler sau teure Anglerseide. Besucher von Mizenhead würden die Ärztin oder den Angler erkennen, sofern sie selbst zu der Berufsgruppe gehörten, und sich freuen. Aber ich? Ein Stück von einem Nylonstrumpf? Nee, bin kein Vamp und von einer Häkeltante auch weit entfernt, also auch keine Wolle. Im Herzen bin ich ein Cowgirl, also wäre Pferdehaar schon nah dran, aber ohne Pferd… tja und dann im Flugzeug nach Hamburg: ein Teebeutelband.

Im ersten und zweiten Moment fand ich das ziemlich erschütternd schnöde. Im Zug von Altona nach Heide stand ich dazu. Schwarzer Tee ist nun mal das was mich seit Jahrzehnten begleitet und mich ausmacht.

Nichtsdestotrotz denke ich manchmal doch darüber nach, ob mir etwas Besseres einfallen könnte. Wir werden sehen, was ich letztendlich bei meinem nächsten Besuch in Mizenhead an die Brücke wickle.

Pferdeleben in Irland

Für Amira, Heiko und Nordwind –
großartige, wirklich großartige, Pferde.

In England fühlt es sich so an, als lebte jeder Engländer mit mindestens einem Hund zusammen, als sei es das Selbstverständlichste der Welt. Die Atmosphäre zwischen Hund und Mensch empfand ich stets als super entspannt. Engländer als Hundebesitzer zu bezeichnen, käme mir nie in den Sinn. Sie leben mit Hunden. Bei den Iren, die, wie ich schon erwähnte, eher pragmatisch als enthusiastisch veranlagt sind, habe ich das Gefühl, dass zwischen ihnen und Pferden ein tiefes Miteinander besteht, begleitet von stiller Loyalität.

Es fing in Brighton an. Ich trottete damals ohne große Absichten durch die Straßen Brightons als ich plötzlich an einem Bus „To the Racecourse" las. Bis dahin wusste ich nicht, dass es in Brighton überhaupt eine Pferderennbahn gab. Da ich eine Schwäche für Rennpferde habe, dachte ich, „man muss wenigstens einmal in seinem Leben bei einem Pferderennen gewesen sein". Und so stieg ich ein. Der Eintritt zu dem Pferderennen unter der Woche war nicht ohne: 18 Pfund. Doch wer zaudert, erlebt nichts. Also rein. Bis heute habe ich das Prinzip des Wettens nicht verstanden. Allerdings lernte ich die Wegfolge auf einer Rennbahn kennen. Das wichtigste: der Führring: Pferde und Jockeys angucken, mögliche Gewinner erahnen, seinen Wettschein abgeben, zurück zur Tribüne, das Rennen gucken, auf jeden Fall mitfiebern und eventuell vor Freude in die Luft springen. Danach sofort wieder zum Führring. Siegerehrung mitfeiern. Neue Pferde und Jockeys beobachten… Ich wettete still und achtete auf das Zusammenspiel zwischen Pferd und Jockey. Ahnte ich ein gutes, aufmerksames Miteinander, glaubte ich an deren Sieg. Ein einziges Mal gewann mein ausgesuchtes Pferd mit Jockey. Ein einziges Mal von zwanzig Rennen.

Aufgrund meines Nachmittags am Brighton Racecourse fühlte ich mich dem Pferderennsport zugehörig und kaufte einen Jahreskalender von „The Racing Post". Ein Kalenderblatt zeigte die Rennbahn von Killarney. Ich sah das Foto. Alles in mir, sämtliche Kompassnadeln, schlugen in Richtung Killarney aus: die schönste Pferderennbahn der Welt.

Die Kulisse zu dieser Galopprennbahn sind die sanften grünen Hügel zwischen Killarney und Molls Gap und der Torc Mountain. Davor für Sekunden anbetungswürdige, edle Schönheiten mit wehenden Mähnen und weiten Nüstern.

Die Killarney Races sind für Pferdeliebhaber und Irlandliebhaber eine wahre Kostbarkeit. Hier tauchte ich komplett in die Irishness ein. Die Atmosphäre war die eines herrlich sorglosen Familienausflugstags. Kinder guckten genauso aufmerksam und begeistert aufgeregt wie die Erwachsenen. Fasziniert steht man gemeinsam an der Bahn. Die Vollblüter galoppieren vorbei und der Mensch neben dir, tickt dich an: „Lovely to see it". Kollektive hemmungslose Bewunderung. Ich schrieb eifrig Kommentare in das Rennprogramm:

„One Fine Morning": Jockey mit sanfter Hand, das Pferd kaut und ist aufmerksam" oder „The Rossmeister, herrlicher Name" Bei einem Rennen lief ein Pferd mit dem Namen: „Raggletagglegypsy" und sofort dachte ich freudig an meine geliebten „Waterboys", die während ihrer irischen Lebens- und Schaffensphase den Song „Raggle Taggle Gypsy" spielten. Diese Euphorie über diesen schönen Zufall lenkte mich nur wenig ab. Ich vermerkte zu dem Pferd, eine Müdigkeit, als es rumgeführt wurde. Hier zeigte sich abermals mein totales Nichtgespür: von 18 Pferde schaffte „Raggletagglegypsy" es auf den 3. Platz.

In Irland liebt man die Jockeys, sie sind Helden, keine niedere Kaste, denen man nur bei einem Sieg gönnerhaft auf die Schulter klopft. In Irland schreiben Jockeys Bücher. Als ich in Dublin das Buch von Ruby Walsh in den Händen hielt, der mir vom

Killarney-Rennen so positiv in Erinnerung geblieben war, folgte ich leider nicht meiner inneren Stimme, die sagte, „Kauf das Buch!". Zwei Tage später lief Ruby Walsh mir um 5.00 Uhr morgens im Dubliner Abflugterminal über den Weg. Verpasste Gelegenheit: mit einem Pferderenn-Buch, signiert von einem waschechten Jockey, nach Hause kommen.

Die frische Luft, das Gefühl im Irischen zu sein, all das vitalisierte mich und ein Guinness würde das alles krönen, dachte ich. So wie ich es aus Deutschland kenne: ein Bier in der Hand beim Fußballgucken oder während eines Rockkonzerts. Ich blickte mich um und merkte auf: kein Mensch hielt ein Glas Guinness oder ähnliches in der Hand. Das einzige was jeder in den Händen hielt, war das Rennprogramm. Gab es wirklich nichts zu trinken? Doch: in einem kleinen fensterlosen Raum gab es eine Theke und somit Guinnessausschank. Getrunken wurde ausschließlich dort.

Meine große Hoffnung ist, dass mir eines Tages ein alter, gewiefter Pferdewetten-

Fuchs erklärt, wie das Wetten funktioniert. Das wäre die perfekte Refinanzierung meiner Reisen: ein Nachmittag auf der Galopprennbahn.

Ein völlig anderes Bild sind die Kutschpferde, die zum Straßenbild Killarneys gehören, die sogenannten Jaunty Cars. Mit diesen altertümlich zusammengeschustert wirkenden Kutschen werden unzählige Touristen durch die Landschaften Killarneys kutschiert. Als ich das erste Mal nach Killarney fuhr, reiste in meinem Kopf das ganze Wissen des Lehrgangs „Sachkundenachweis für Pferdehaltung" mit. Als ich die doch recht abgestumpften Pferde sah, schluckte ich zwei Tage ziemlich schwer. Am dritten Tag war meine Toleranz neu justiert und ich unterhielt mich mit einigen Kutschern. Würde man die Kutscher samt Pferd und Kutsche fotografieren und dieses Foto mit dem Vermerk „Such den Fehler!", an die angehenden Pferdewirte von Futterkamp schicken, löste es wahrscheinlich eine leichte Aufgeregtheit aus, soviel, was aus unserer Sicht nicht geht.

Die Pferde haben es okay, weil sie die sind, die das Geld in der Familie verdienen. Ich bekam mit, dass die Pferde für Pausen auf eine Weide gestellt wurden. Einige bekamen auch einen ganzen Tag frei. Es ist sicherlich nicht das pralle Pferdeleben aber auch kein brutales. Nichtsdestotrotz nahm ich mir vor, sollte ich je eine Million Euro im Lotto gewinnen, bekämen alle Kutschpferde aus Killarney einen Futtersack und die Plastiktüten würden von mir persönlich entsorgt.

In Kildare im Nationalgestüt (Irish National Stud) befindet sich das Paradies für Pferde. Die Einstreu in Boxspringbettqualität, auch die Größe der Boxen – mehr als königlich. Jeder Hengst grast auf seiner eigenen Weide. Die Hengste sind ehemalige Rennpferde, die, wenn sie im Nationalgestüt leben für die Zucht eingesetzt werden. Bei meinem ersten Besuch kaufte ich mir eine Postkarte von dem Hengst „Indian Ridge" und bei meiner letzten Stippvisite stand ich sehr lange am Gatter des englischen Vollbluts „Invincible

Spirit" (unbesiegbarer Geist), Nachkomme von „Green Desert". Was für ein schmuckes anmutiges Pferd und vor allen Dingen guckte er zu mir rüber, alle Ohren auf mich gerichtet. Welch' ein Kompliment. Das Areal von Irish National Stud ist riesig groß und während man im Westen Irlands gerne Paletten als Zaungatter nimmt, entdeckte ich hier ein wahrgewordenes Bilderbuch, was die Umzäunung betrifft.

Auf dem Gelände gibt es, völlig ohne Zusammenhang, einen Japanischen Garten, der den Lebensweg eines Menschen widerspiegelt. Ein feinsinniger Ort, der mit Heiterkeit und Muße durchwandert werden kann, so dass man tatsächlich ein bisschen über sein Leben nachdenkt.

Die Queen hielt sich auch schon im irischen Nationalgestüt auf. Sie enthüllte damals ein Denkmal und dort stand ich nun, am Königinnenschnittpunkt und genoss den Hauch von royaler Energie, die vielleicht ein bisschen auf mich abfärbte.

Während meines letzten Irlandbesuchs, dauerte es eine Weile bis ich meine ersten

Pferde zum „canoodeln" fand". Pferde mögen Unaufgeregtheit. „No fussing" wie der Engländer sagt. Pferde reagieren allerdings auch auf ein weitgeöffnetes Herz, wenn sie von Strömen der Liebe umhüllt werden. Und es braucht Geduld. Immer. In Kerry entdeckte ich auf einer Pferdeweide einen leicht verfilzten Wallach. Ich stand am Gatter und wartete – ohne Apfel. Ich wartete einfach so. Irgendwann kam er zu mir und als er meine überströmende Liebe spürte, bekam er gar nicht genug Nähe von mir. Er legte seinen Kopf auf meine Schulter und wir atmeten im Einklang und genossen eine totale Tiefenentspanntheit. Pure Glücksmomente. Kommt die Liebe auch einfach so, aus sich heraus – ohne attraktive Lockmittel?

Denke ich an das Sein mit Pferden, frage ich mich, ob man das 1:1 auf den Umgang mit Männern übertragen kann. Es gibt genügend Männer, die in einer Beziehung ausschließlich über die Kandare gesteuert werden. Kein Raum zur Selbstentfaltung. Kann das gut gehen? Ich selbst entschied mich aus tiefer Überzeugung gegen die Kandaren Haltung in einer Partnerschaft, ja fast sogar auch gegen ein Knotenhalfter, weil ich glaube, dass, wenn man gut miteinander ist und Vertrauen zueinander hat, braucht es keine Hilfsmittel, braucht es keine Machtkämpfe. Ich dachte, ein Mann wird auch so erkennen, was richtig ist, was gut ist und gut tut. Von hundert Pferden kann man vielleicht, aufgrund der sensible Feinabstimmung zwischen Mensch und Pferd, ein Pferd „ohne alles" reiten – auf das menschliche Miteinander übertragen: Als ich meinen favorisierten „Nr. 1 Mann" fragte, ob er damit leben könne, in einer kandarenfreien Beziehung zu sein, dass ich ihm sein eigenes Tempo zugestehe und ich ihm vertraute auf seine Weise das Richtige für uns zu tun, antwortete er, natürlich könne er das, das wäre fantastisch. Nach einer Weile fragte ich ihn erneut und betonte, alles in mir habe ein widerstrebendes Gefühl zum „bossy-sein" in einer Liebesbeziehung. Das war definitiv zu viel Freiheit und kurze Zeit später machte er sich auf, um eine feste Hand zu finden.

Kann man Männer genau wie Pferde mit Liebe umhüllen und das geöffnete Herz strömen lassen? Natürlich nicht. Pferde relaxen im Strom der Liebe. Männer werden hin fortgerissen. Erst werden sie „snooksch", dann büxen sie aus. Eines allerdings schätzen Pferde und Männer gleichermaßen: Klares handeln.

In der Gap of Dunloe begegnete ich einem alten Kutscher, der seine drei Pferde zur Koppel brachte. Er selbst saß seitlich auf einem, Beine baumelnd, in einer Hand die zwei Führstricke der anderen Pferde. Während die Pferde bergan schritten, blickte der Ire selbstvergessen in die Landschaft, als säße er auf einer Parkbank und nicht auf einem Pferderücken.

Auf meiner Rückfahrt nach Dublin fuhr ich von einer Tankstelle wieder zurück zur Autobahn. Als ich auf einen Kreisverkehr einbog, ritt zeitgleich aus einer anderen Richtung kommend, ein zehnjähriges Mädchen auf einem Irish Tinker in den Straßenverkehr. Ohne Sattel, ohne Helm, sie saß einfach auf dem Pferd und ritt vorschriftsmäßig einmal um den Kreis um dann Arm ausstreckend abzubiegen. Das Gottvertrauen der Iren.

Irish Hunter - Connemara Ponies - Tinker

-For the luck of a horse be an Irish one-

The Ladies View und Königinnenschnittpunkte

Der Aussichtspunkt Ladies View bei Killarney ist unübertroffen großartig. Die Landschaft um die Killarney Lakes, auf die man blickt, wirkt wie ein Gemälde – still und ohne einen Windhauch – majestätische Schönheit. Ein großes Schild erzählt, dass die Hofdamen von Königin Victoria 1861 ebenso fasziniert waren und diesen geographischen Punkt „Ladies View" nannten. Diese erhebende Aussicht wirkt unverändert seit 255 Jahren, d. h. dass ich genau das sehe, worauf die Hofdamen Queen Victorias auch blickten. Was für ein Kompliment an eine Landschaft.

Während meines ersten Besuchs von „The Lady View" las ich das Schild nur flüchtig und dachte, Queen Victoria habe persönlich dort gestanden. Ein Königinnenschnittpunkt. Die Punkte an denen Königinnen oder Kaiserinnen standen, saßen oder spazierten und ich zeitversetzt selbiges mache. Jede Möglichkeit royale Energie aufzunehmen, ist willkommen Ein bisschen königlicher Mut, majestätische Gelassenheit und royale Ausstrahlung steht doch jedem gut. Da Queen Victoria 1849 Cobh besuchte, fand ich dort einen tatsächlichen gemeinsamen Aufenthaltsort.

Da diese Schnittpunkte eher rar sind, ergänze ich diese gerne mit Besuchen von berühmten Gräbern oder Orten an denen bekannte Filme gedreht wurden. Davon findet man in Irland einige.

Der Kilruddery Garden und der Powerscourt Garden werden gerne als Filmkulisse genutzt. Manchmal kommt man zufällig an Orte und denkt, „Das kenn ich doch!". So war es mit dem Hafen von Wicklow. Hier wurden einige Szenen des hervorragend schrägen Films „The Guard" gedreht.

Eine gute Gelegenheit einen Einblick in das Leben des jeweiligen Reiselandes zu bekommen, ist ein Kinobesuch. Hier kann es allerdings zu kurzfristigem Heimweh kommen. Für gewöhnlich taucht man im Kino in eine völlig andere Welt ein. Verlässt man nach der Vorstellung das Kino, ist es manchmal ein echter Schock:" Was! ich bin ja gar nicht zu Hause in Dithmarschen. Ich bin ja in der Fremde!" und plötzlich durchflutet uns eine intensive Sehnsucht nach „zu Hause sein".

Das „Irisches Tagebuch" von Heinrich Böll las ich vor ewigen Zeiten. In Erinnerung blieb mir seine Beschreibung vom Kino. So ein Kino gab es in den Achtzigern in Husum. Das alte Gloria entsprach exakt den Beschreibungen Bölls. Als ich endlich das erste Mal in ein irisches Kino ging, war ich einfach nur entsetzt, als man mir eröffnete, es gebe nur salziges Popcorn – ich konnte es nicht fassen. Kein süßes Popcorn, ich sah meinem Kinoabend düster entgegen. Inzwischen gibt es beides.

Den echten Berühmtheitsschnittpunkt fand ich während meines Kinobesuchs in Killarney.
In Killarney besuchte ich das Kino an zwei Abenden hintereinander. Es genügte mir nicht mehr abends auf meinem Bett zu liegen und das schreckliche

Fernsehprogramm zu gucken. Als ich, wie in Deutschland üblich zeitig im Kinosaal saß, wunderte ich mich: ich war ganz allein, fünfzehn Minuten vor Beginn. Ein Kinofilm ganz für mich allein – wie cool. Nix da! Die Iren kamen genau zu der Uhrzeit, die als Filmbeginn angegeben wurde. Erst als alle da waren, begann die Filmvorführung.

Am nächsten Abend stand der neue X-Men-Film an und ich versuchte mich an die irische Gepflogenheit des Kinogehens anzupassen – ich war immer noch zu früh. In dem X-Men Film spielte Michael Fassbender mit. Ein Killarney Junge. Ich dachte: das ist jetzt schon was. Sicher saß er als Jugendlicher im Kino, guckte Kinofilme und träumte davon Schauspieler zu werden. Inzwischen ist er vom Zuschauerplatz zur Kinoleinwand gewechselt und schaut uns mit seinen grünblauen Augen an. Vielleicht saß ich gerade auf dem Kinositzplatz, wo er einst gebannt die Filme in sich aufsog.

Mit der Erkenntnis, dass Visionen & Durchhaltevermögen hervorragend zusammenpassen und geradezu königliche

Eigenschaften sein können, begab ich mich beschwingt in die Countess Grove, wo mein B&B Haus stand: im Gehölz der Gräfin.

Erinnerungsstücke ... Reisemitbringsel

Irland, Island, Shetland und Norwegen haben eines gemeinsam: Pullover. Pullover sind das Reisemitbringsel Nr. 1.

Meinen ersten irischen Pullover im klassischen Cremeweiß erstand ich an der Ha'Penny Bridge in Dublin. Ein kleines Papierschild war an den Pullover geheftet, darauf stand handschriftlich der Name der Strickerin: Betty aus Mayo. Inzwischen ist das Angebot an irischen Pullovern, Strickjacken und Mützen viel breiter gefächert als damals und es gibt nun viele schmucke Farbvarianten.

In Killarney betrachtete ich mit wenig Interesse die Pullover und Strickjacken, lagen zu Hause doch zwei Pullover rum, ursprünglich besaß ich drei. Mein schlichter dunkelblauer, im Patentmuster gestrickter, Pulli wurde eines Tages von Jan vereinnahmt und ich sah ihn nie wieder. Das war nicht das erste Mal, dass ein Mann sich meines Pullovers annahm und mit diesem von dannen zog. Die einzige Ausnahme war

Karl, der verließ mich ohne Pullover im Gepäck.

Irische Pullover sind irische Pullover sind irische Strickjacken und ich warf dann doch ein Auge auf eine himbeerfarbene Strickjacke. Da ich Zeit hatte, guckte ich mal hier, mal da und entdeckte, dass der vermeintliche Outlet-Store am teuersten war und ein ganz kleiner Laden gegenüber vom Kino der günstigste. Letztendlich kaufte ich die Strickjacke in Sneem. Nur in dieser farbenprächtigen Stadt, kann man sich voller Wonne eine himbeerrote Strickjacke kaufen.

Reisemitbringsel sind mein Elixier für zu Hause. Sie sind die mitgebrachten Reisen in fühlbarer Form. Erinnerungsstücke. Ein getöpferter Milchkrug, gekauft auf einer Museumsfarm in Cork erinnert mich an die dortige ginstergeprägte Landschaft. Messer, Gabel, Löffel aus Bantry, ein Schultertuch von Avoca, gekauft in den Wicklow Mountains. Es tut gut sich in dem Moment zu erinnern, gemischt mit einer schönen Wehmut und leichtem Fernweh. Ich könnte ein ganzes Buch über meine unzähligen Erinnerungsstücke schreiben.

Irland kam durch eine Radiosendung über Van Morrison in mein Leben. Manfred Maurenbrecher interpretierte über mehrere Sendungen hinweg das Werk Van Morrisons und ich hörte den Song „The inarticulate speech of my heart" und wollte nur noch nach Irland, den irischen Regen auf meiner Haut spüren, die Regenluft einatmen. Und so geschah es.

Es gibt ein Foto von mir auf dem Heider Bahnhof. Man sieht mich mit einem riesigen Gestell-Rucksack auf dem Rücken, einer Umhängetasche und in jeder Hand noch eine vollbepackte Tasche, ganz nach dem Motto: „Man weiß ja nie!". Das alles zu Beginn einer Reise! Unglaublich! Es dauerte mehr als zwanzig Jahre bis ich den Trick raushatte, mit wenig los zu reisen und mit viel zurück zu kommen. 1984 hatte ich deshalb nur Platz für zwei Paar irische Socken und einen Becher als Erinnerungsstücke.

Wir trampten damals von Dublin nach Galway, schafften es bis Salthill. Am nächsten Tag stellten wir uns wieder an die Straße und eine Hippie-Frau fuhr uns ausversehen ins nirgendwo. Wir wanderten durch die Einöde Connemaras, als Orientierung eine grobe touristische Übersichtskarte Irlands, die ich immer noch besitze - vom damaligen Regen getränkt. Es regnete an dem Tag klassisch irisch. Wir trotteten den halben Tag die Straße entlang, auf der kein einziges Auto fuhr. Ein Tinker-Camp lag am Weg. Es zeigte sich keine Menschenseele. Durchnässtes gehen. Anfang der 80er gab es noch keine Welle, was die Auswahl von Wanderschuhen, Walkingschuhen usw. betrifft. Jedenfalls reisten wir ohne Himalaya-Equipment und das merkte man. Meine Winterstiefel aus Kindertagen hätte ich zu Hause lassen sollen. Die Eintönigkeit des Gehens wurde unterbrochen als hinter uns in der Ferne eine Gestalt auftauchte, die uns innerhalb von zwanzig Minuten zügig überholte. Ein Schweizer. Weitere zwanzig Minuten später sah man ihn am Horizont verschwinden.

Was für eine Schrittfrequenz. Später sammelte uns ein netter älterer Herr ein, der uns nach Maam Cross fuhr. Dort sollte uns später ein Bus nach Ben Lettery zur Jugendherberge bringen.

Während wir im Peacocks Pub auf den Bus warteten, hingen unsere nassen Klamotten am Torffeuer. Lizzy, die Kellnerin mit roten Locken und Sommersprossen, wollte uns wieder aufgewärmt und trocken sehen. Sie servierte uns waschechten Irish Coffee und später schlürften wir Hühnersuppe. Im Fernsehen lief in dem Moment Nena's Hit „99 Luftballons". Das kam uns wie ein Gruß aus der Heimat vor. Überhaupt begleitete Nena uns die ganze Reise. In meinen Reiseaufzeichnungen las ich: „Schon wieder wurden wir auf Nena angesprochen. Alle scheinen die 99 Luftballons zu lieben." In Maam Cross kaufte ich mir im Andenkenladen eine Tasse mit dem Wappen der Familie Donnelly. Diese Tasse ist seit dreiunddreißig Jahren eine meiner Lieblingssonntagstassen und verbindet mich mit Connemara im Regen, dem heimeligen

Torffeuer und einem Abend in der Jugendherberge von Ben Lettery, wo wir mit den zwei Iren Seamus und Kieran sowie Adrian aus Brighton bis nach Mitternacht meinen mitgebrachten Maracuja-Tee tranken, und uns voller Lebendigkeit Geschichten erzählten. Die Schwarzteetrinker konnten nicht genug vom Maracujatee bekommen und am nächsten Morgen verschenkte ich meinen Vorrat an die drei. Unvergessen für mich.

Seemannsbraut Lieblingsplatz II
-Valentia Island-

Dazzling blue the sea
Spirit high that's me:
Am Ende der Welt
Bin ich
Umarmt von allem.
Mitten in der Welt
Bin ich
In Deinen Armen.

Die Insel Valentia Island liegt dicht angeschmiegt am nordwestlichen Zipfel der Kerry Halbinsel und weit ab vom „Ring of Kerry". Guckt man oberflächlich auf die Landkarte, wirkt die Insel wie zum Festland gehörend, weil das Wasser wie ein länglicher See wirkt. Valentia Island ist auf der Route des „Wild Atlantic Way" verzeichnet und das klingt nach Verwegenheit und Abenteuer.

Während des sonntäglichen Frühstücks las ich etwas über die Schönheit des Sees Lake Caragh und so entschied ich mich auf dem Weg nach Valentia Island einen Schlenker zum See zu machen. Es regnete stark und die ganze Aktion war für die Katz, weil der vermeintlich wundervoll anzuschauende See nur von denen genossen werden kann, die an dessen Ufer ein Haus besitzen. Als Krönung kam mir auf der schmalen Seestraße ein SUV entgegen und freundlich zuvorkommend, legte ich den Rückwärtsgang ein um ihm Platz zu machen. Leider landete ich mit einem Reifen im Graben und saß fest. Ich öffnete die Fahrertür und winkte, der SUV-Fahrer hielt und stieg aus. Ich rief mit leicht panisch-zeteriger Stimme: „I can't get out of here" und dachte: Wieso mache ich eigentlich einem SUV den Weg frei? „Don't bother", sprach der Ire. Schwupps tauschten wir die Plätze und in Nullkommanichts war mein Auto wieder auf der Straße. „Thank you". „Don't bother" (was so viel heißt wie: mach Dir keine Sorgen). Für einen Sonntagmorgen empfand ich diesen Start in den Tag wenig vergnüglich.

Auf dem nördlichen Teil vom Ring of Kerry blickt man auf die Dingle Bay und die südliche Dingle Halbinsel. Der Ausblick ist herrlich und es ist ein angenehmer Zeitvertreib vor sich hinzufahren, einem irischen Radiosender zu hören und über etwas zu sinnieren. In mir klang der Abend an der Bantry Bay nach – all diese verwirrenden Fäden der Liebe.

Was macht ein in sich vernarrtes Paar aus? Küssen - ganz viel küssen und knutschen. *Canoodling*. Freude aneinander. Sich im völligen Überschwang alles erzählen. Hingebungsvolles Händchenhalten. Ohne Vorbehalte einander angucken, einander zuhören. Lächeln und entzückende „sweet nothings" flüstern.

Das Lebensthema vieler Menschen ist, jemanden zu finden, mit dem man im Leben glücklich wird. Einen mit dem man zum Verrücktwerden gerne zusammen ist. Leider gehen viele eine Beziehung mit einem Menschen ein, bei dem sie denken, das wird schon. Ähnlich wie bei einem Kleiderkauf. Man probiert es an, der Reißverschluss geht nicht ganz zu, aber man will es haben und man sagt sich, „Ach das wird schon, ich specke einfach ab". Jede Frau weiß, dass dieses Kleid auf ewig ungetragen im Kleiderschrank hängt. In Beziehungen sollte es sich maßgeschneidert anfühlen. Mein favorisierter Nr. 1 Mann passte genau, allerdings bedurfte es stets einer gewissen Haltung „dieses Kleid zu tragen".

Auch wenn es viele, mich neugierig machende, Abzweigungen zum Meer gab, waren mir an diesem Tag Experimente verleidet. Hinter Cahersiveen las ich ein Straßenschild für die Fähre nach Valentia Island. Ich folgte dem Wegweiser und meine Fahrt endete wie erwartet am Wasser - allerdings an einer kleinen Fischfabrik. Kein Fährboot weit und breit und auch kein Anleger. Schon wieder ein angetüdelter Wegweiser oder sind das doch irische Feen, die Schabernack mit uns treiben? Kurzerhand entschied ich mich für die etwas weiter entfernt liegende Brücke bei Portmagee, einem kleinen Fischerdorf mit einer Häuserzeile aus karminrot, weiß, hellgrün, hellgelb und aquamarinblau. Alle Häuser mit Blick auf Valentia Island. Ich überquerte die Brücke und besuchte das moderne Besucherinformationszentrum der Insel, welches direkt hinter der Brücke liegt. Dort las ich etwas über einen hiesigen Kerzenhersteller und dachte sofort an originelle Mitbringsel.

Valentia Island hat eine Hauptstraße die einmal um die Insel führt. Inzwischen war mir wieder nach Abkürzungen und so bog ich in einen wirklich schmalen bergaufgehenden Weg ein, gelangte dadurch sehr schnell auf die obere Hauptstraße und sparte mir dadurch eine halbe Inselumrundung. Gott sei Dank kam mir kein Auto entgegen. Zügig erreichte ich den Parkplatz am Fuße der Fogher Cliffs. Man muss von dem unteren Parkplatz ein gutes Stück zum ersten Aussichtspunkt wandern. Im Nachhinein wurde mir klar, dass die Fogher Cliffs mindestens einen halben Tag Aufenthalt wert sind.

Weit oben an der Klippe entdeckte ich eine Felsnische mit einem Holztisch und einer

Holzbank: Seemannsbraut-Lieblingsplatz II: Dazzling blue das Meer. In Blau und Weite getauchte Stille. Ich blickte auf den Horizont, atmete tief ein und meine Seele flüsterte: your silver lining! Hier lag Aufbruch in der Luft - neue Horizonte erobern. Wundervoll. Vollkommen. Verheißungsvoll. Soothing. Ich spürte den Mut einer Piratin, die Zuversicht einer Seemannsbraut und die Noblesse einer Königin - alles gleichzeitig.

Lange guckte ich auf das Meer, geschützt in der Felsnische, mit einer Tasse Tee in meinen Händen: Liebe. Das ist wenn der Herzschlag ruhig wird, die Ecken rund werden.

Was macht ein sich liebendes Paar aus? Küssen — ganz viel küssen und knutschen. Freude aneinander. ...und immer den liebenden Blick des anderen auf sich spüren.

Ich löste mich von den Fogher Cliffs und wanderte zurück zum Auto mit der Absicht den Kerzenmacher der Insel zu besuchen. Die Hinweisschilder waren schnell gefunden. Erneut bog ich in eine sehr schmale Straße ein, die mich hoch zu einem Kliff führte und von dort verlief sie steil bergab in Richtung Meer. Ich hatte ein ungutes Gefühl. Könnte ich irgendwo wenden, und was wäre, wenn es so steil nach unten ginge, dass mich nur die Handbremse vor einem Abrollen in den Atlantik schützte. Ich misstraute der Situation und wendete dort wo es noch ging. Auf meiner Rückfahrt zum Besucherzentrum sah ich die Skelllig Islands. Mystik pur. In dem Zentrum erzählte ich von meinem kläglichen Versuch den Kerzenmacher zu besuchen und fragte, immer im innovativen Verbesserungsmodus, weshalb sie denn nicht hier ein paar seiner Kerzen verkauften. Das wusste die Frau auch nicht, aber sie gab mir die Mobiltelefonnummer von dem Kerzenmann - für das nächste Mal. Sie empfahl mir in Cahersiveen im regionalen Kunsthandwerkladen nach den Kerzen zu fragen. Gegenüber von der Kirche fand ich den Laden und als ich eintrat, lief Musik von Van Morrison, was, wie immer, ein Instant-Glücksmoment war, der mich, weil unverhofft, lächeln machte. Cahersiveen strahlte auch so eine hippe Emsigkeit aus, die beim nächsten Besuch intensiver erkundet werden sollte. Kerzen gab es dort nicht, dafür angemalte Steine wie ich es von früher kannte: beim Jugendrotkreuz malten wir für den Weihnachtsmarkt Steine bunt an und klebten sie zusammen. Diese hier zeigten allerdings schöne keltische Ornamente und wären damals wahrscheinlich der Verkaufsrenner auf unserem Stand gewesen. Ich kaufte einige der Steine als originelle Kerzenersatzmitbringsel. Als ich den Laden verließ, verabschiedete die Frau mich mit „Take care, love". Ich liebe es.

Der verschwundene Buchladen von Killarney

In Irland gibt es überraschend viele schmucke Buchhandlungen, die unter Eigenregie die Magie des Stöberns und Findens am Leben erhalten. In diesen Läden trifft man Menschen, die Bücher lieben und gerne über sie erzählen. Irland, Land der Schreiber.

Vor einigen Jahren blieb ich, ganz gegen die touristische Strömung, eine Weile länger in Killarney. Die Erkenntnis Nr. 1 für gemächliches Reisen: erst wenn man länger bleibt, offenbaren sich die Feinheiten. Straßen werden vertrauter und die Augen werden sensibel für Abkürzungen. Kleine Gassen, die mich viel flotter durch die Stadt führen und mir das Gefühl geben, sich genauso gut wie die Einheimischen auszukennen. Gerade für Leute, die manchmal zu Heimweh-Schüben neigen, empfiehlt es sich, jeden Tag ein und denselben Tea-Room aufzusuchen, um dort seinen Proviant zu kaufen oder eine Tasse Tee zu trinken. So wird dies ein kurzzeitig vertrauter Ort, in dem man die Bedienung irgendwie schon kennt und einen Lieblingstisch hat. Als Nebeneffekt entdeckte ich in diesen Cafés kostenlose Wochenzeitungen, die Veranstaltungen bewerben, von denen man sonst gar nichts erfährt.

Auf der Suche nach einem Buchladen, denn schlauerweise kam ich zu Hause auf die Idee, dass man Bücher nicht mitnimmt, sondern lieber vor Ort kauft, entdeckte ich damals „The Killarney Bookshop" in der High Street. Ein mit Büchern vollgepfropfter Laden. Ein kleines selbstgezimmertes Bücherregal stand ziemlich prominent am Eingang. Dort fand man die persönlichen Buchempfehlungen der Mitarbeiter und so kam ich zu dem Buch „The Guernsey Literary and Potato Peel Pie Society" von Mary Ann Shaffer & Annie Barrows. Überwiegend geht es in diesem Buch um den Briefwechsel eines bodenständig-sensiblen Bauern mit einer kapriziösen selbstbewussten Schriftstellerin. Dramatische Passagen über die

Auswirkungen des Krieges auf Guernsey lassen den Leser, der sich auf die romantische Heiterkeit eingelassen hat, dann und wann trocken schlucken. Ein wirklich guter Roman, der Wunder bejaht und gleichzeitig die Realität akzeptiert.

Als ich nun wieder in Killarney war, wollte ich mich über dieses Buch austauschen, ein bisschen plaudern und erneut ein außergewöhnliches Buch finden.

Gleich am ersten Tag begab ich mich zur High Street und hielt Ausschau nach dem Buchladen mit der himmelblauen Ladenfront. Ich fand ihn nicht. „Das gibt es doch nicht." Erneut schritt ich die High-Street ab, diesmal von der gegenüberliegenden Seite. Es gab jetzt zwar eine Eason-Filiale, aber nicht dort, wo der Buchladen war. Seltsam.

In Killarney kennt jeder jeden, und so fragte ich am nächsten Morgen Greta, ob sie wüsste, was aus dem Buchladen geworden sei. „Oh yes, the man with the weired beard. I have forgotten his name, but I think he

sold his licence to Eason. He is retired, now".
Gut, das war's dann wohl.

Am nächsten Morgen machte ich mich
dennoch zur High Street auf, weil ich den
Laden finden wollte, um zu gucken, was aus
den Räumen geworden war und trat in
einen Souvenir-Shop, der mit seiner
eisvogelblaue Ladenfront ein bisschen nach
dem Buchladen aussah. Hinter dem Tresen
saß ein junger Mann. So früh am Morgen
gab es noch keine Kundschaft und ich fragte
ihn, ob dieser Laden vor drei Jahren ein
Buchladen gewesen sei. Ich erzählte ihm,
die Geschichte und er sagte: "Oh yes, the
man with the weired beard, Just the
moment, I'll phone my boss to ask her," Ehe
ich mich versah, telefonierte Cory mit seiner
Chefin und so erfuhr ich erneut, dass der
Buchhändler in Rente war und ich solle ein
bisschen weiter die High Street runtergehen,
dort würde ich den Laden finden – ohne
Bücher. Nach dem Telefongespräch erzählte
mir Cory, ich solle unbedingt einmal nach
Westport fahren, da gebe es den
wunderbaren Buchladen "Timetraveller".

Westport sei überhaupt die (!) Stadt. Munter und inspiriert trat ich auf die Straße hinaus und wandte mich in Richtung Buchladen, tja und siehe da, jetzt erkannte ich die himmelblaue Ladenfront und neben der Tür stand ein großer Tukan aus Holz mit einem Schild im Schnabel: "Guinness is good for you"

Passender geht es nicht: Ein Buchladen wurde zum Pub. Irland, Land der Trinker.

Schwadronieren im Plattenladen

Gute Möglichkeiten um Gleichgesinnte zu finden, sind für mich Plattenläden. In Killarney besuchte ich auf Empfehlung von dem jungen Cory aus Westport einen kleinen CD-Laden in der College Street. Dort stand hinter dem Tresen ein freundlicher Zausel. Beim Stöbern fand ich eine CD von der Akkordeon-Spielerin Sharon Shannon, die auch eine Zeit lang mit den „Waterboys" unterwegs war. Ich erzählte dem Mann, dass ich sie mal live in Dublin gesehen hatte und daraufhin empfahl er mir eine Live-CD, auf der sie mit verschiedenen bekannten Musikern zusammen spielte. Anschließend schwärmte ich von „The Gloaming", erzählte, dass diese Band meine Entdeckung des Jahres sei und ich gar nicht genug vom Hören ihrer Musik bekam. Als er „The Gloaming" hörte, verschwand jegliche Zauseligkeit und aufgeregt begeistert sprach er von diesen fantastischen Musikern. Er kam hinter seinem Tresen hervor und nahm eine CD nach der anderen aus den Verkaufsregalen. „You should listen to this and to that..." und es stapelten sich die CD's in meinen Hände. Ich erwiderte nur „I trust you" und kaufte den ganzen Kram.

Als er mich fragte, woher ich aus Deutschland komme, ergriff ich die langersehnte Gelegenheit zu antworten: „I live near Wacken. Do you know Wacken Open Air -WOA-?„ Ein großes Fragezeichen in seinem Gesicht. Also sagte ich wie sonst: I live between Denmark and Hamburg in the North of Germany". CD-Läden sind gut gegen Heimweh: man trifft Gleichgesinnte und bekommt manchmal gute Tipps auf einem freundschaftlichen Level in einer Abhäng-Atmosphäre.

Dann fiel mir plötzlich etwas völlig anderes ein.

Der gälische Fußball ist voll an mir vorbei. In dieser Unbedarftheit kaufte ich mir ein Collegeblock in Trikotform von Loch Garmann aus Wexford – weil mir die Farben gefielen. Ich dachte es sei ein Fußballtrikot der irischen Bundesliga. Selbst als ich, auf der Suche nach einer Regenjacke, in einem

Sportgeschäft in Killarney auf allen möglichen Sportklamotten „Ciarrai" las, darunter das gelbgrüne Wappen, welches Eroberung und Wildheit suggeriert, war mir nicht klar, was für einen hohen Stellenwert „The Gaelic Football" in Irland hat und die Mannschaft von Kerry sowieso.

Klar wurde mir das erst, als ich nun den liebenswerten Zausel fragte, was dahinterstecke, dass vom größten Roundabout im Norden Killarneys bis zum drei Kilometer entfernten anderen Kreisverkehr die zweispurige Kraftfahrtstraße von beiden Seiten mit Autos zugeparkt war? Praktisch alle auf dem Notfallstreifen. Er antwortete: „Da spielt wahrscheinlich Kerry im Gaelic Football Stadion. That's something for the people".

Das wäre so, als würden sämtliche HSV-Fans auf der mehrspurigen A7 auf Höhe des Volksparkstadions parken und nur noch eine schmale Gasse für durchfahrende Autos lassen. Wieso auch nicht? Kommt ja nur alle 14 Tage für ca. drei Stunden vor –

dafür einen Parkplatz bauen? Don't bother! Herrlich.

Hätte ich doch die Regenjacke mit dem „Carrai" Logo gekauft! Man stelle sich vor, ich spazierte im Regen mit genau dieser Jacke durch die Fußgängerzone Flensburgs. Plötzlich: eine Pranke von Hand auf meiner Schulter. Ich drehte mich um und guckte in das Gesicht eines bärigen rothaarigen Iren, der mich mit großen ungläubigen Augen anguckt: „I can't believe it. So far from home: my favourite Team is known by another one! You!" Ich würde ihm die Geschichte zu der Regenjacke erzählen und er antwortete: „ Call me when you are in Kerry again and I will take you to a Gaelic Football Match. Promised!"

…und sie lebten glücklich bis ans Ende ihrer Tage

Weihnachten in Irland?

Driving home for Christmas

Als ich Gedanken nachhängend durch Kerry fuhr, spielte der Radiosender das Lied „Josephine" von Chris Rea. Dieser wunderschöne Song erinnert mich jedes Mal wieder, und das seit dreißig Jahren, an eine Fahrt mit der Amrum-Fähre. An Deck stehend, auf den Horizont blickend und einen Hauch von melancholischer Tapferkeit fühlend. Viele denken bei Chris Rea an den Klassiker „Driving Home for Christmas" und mir ging es nicht anders, trotz des sommerlichen Grüns um mich herum.

Alle Jahre wieder bekomme ich den Weihnachtsblues. Ich gucke teetrinkend aus dem Fenster oder wandere in sinnig-gebeugter Haltung über die Weiden. Plötzlich wollen alle gemütlich sein, plötzlich gehört es zum guten Ton sich mit fusseligem Glühwein zu betrinken.

Was wäre das schön, die Koffer zu packen, ein Ticket zu buchen, den Reisepass zu schnappen… und ab nach Irland. Ruhe. Stille. Für sich sein. Fern der Heimat. Fern der Geselligkeit von Freunden. Wirklich?

Das, was meinen Weihnachtsblues lichtet, ist der traditionelle 22.12.-Besuch bei einer Freundin, die in Dänemark wohnt. Wir verbringen den Abend mit gutem Essen und gepflegtem Abhängen. Am nächsten Tag starten wir mit einem ausgiebigen Spaziergang und einer Shoppingattacke in Sonderburg. Danach sind wir beide mental auf die Feststage vorbereitet. „Unflappable" wie der Engländer sagt. Unerschütterlich!

Im Radio läuft manchmal, wenn ich gerade auf der A 7 nach Hause fahre „Driving home for Christmas", dann kriege ich mich vor schierem Glücksgefühl gar nicht mehr ein – so schön ist das. Lautes Singen, eine Hand den Rhythmus trommelnd, auf dem Autositz hüpfend. Hundertprozentiges vollkommenes Weihnachtsglücksgefühl.

Wie würde es sein, hörte ich „Driving home for Christmas" in den Weiten des Connor

Passes auf der Dingle-Halbinsel. Das Blarren, das große Blarren, vermute ich. Tränen über Tränen, weil ich nicht nach Hause führe, sondern zu einem fremden Bed & Breakfast.

„Get my feet on holy ground", singt Chris Rea. Bringe meine Füße auf heiligen Boden, womit er sein zu Hause meint. Sind die Lippen, des Mannes, den man gerne küsst, nicht auch heiliger Boden, genau wie das schmucke Brusthaar, das die Fingerkuppen vertraut durchstreifen? Sowie das Herz, das man liebt und dem man niemals Schaden zufügen möchte, weil es einem heilig ist. Ist das nicht auch zu Hause?

Vielleicht wage ich es trotzdem: Weihnachten in Irland bei Torffeuer, einem Irish Coffee und glücklichen Erinnerungen, weil Heimat ist Stabilität und Liebe ist unser zu Hause. Beides können wir behaglich in unseren Herzen tragen – praktisch ein innerer Rucksack, den man überallhin mitnimmt.

Der Claddagh Ring & das Sahnehäubchen der Liebe

Natürlich ist Dithmarschen völlig anders als Irland und doch, die eine oder andere Gemeinsamkeit findet sich. Die historische Abneigung gegen den Adel und die damit verbundene Liebe zur Freiheit, das Bosseln, die eigene Sprache, obwohl das Friesische ein bisschen mehr hermacht als Plattdeutsch, das Wetter ist ähnlich, auch das Schnacken ohne Zuckerguss und der Pragmatismus. Die Nordfriesen haben den Pharisäer und die Iren den Irish Coffee. Auf diese Übereinstimmung könnte man neidisch werden, wäre da nicht der Dithmarscher Brautschmuck und in Irland der weltbekannte Claddagh Ring: Zwei Hände, die ein gekröntes Herz tragen. Die Symbole für Liebe, Loyalität und Freundschaft.

Linda schenkte mir zum Abschied meines Besuchs 1987 einen Claddagh-Freundschaftsring und von Anne bekam ich passende Ohrringe. Deutsch-Irische-Freundschaft. Jahre zogen ins Land und immer, wenn ich Irland besuchte, überlegte ich mir, einen schönen Claddagh zu kaufen und gleichzeitig dachte ich, nee, den soll Dir eines Tages deine wahre Liebe schenken. Zu Hause gucke ich mir manchmal den Dithmarscher Brautschmuck an und denke: „...und das sind meine Wurzeln".

Ein anderes Symbol für Liebe, Loyalität und Freundschaft sind handgeschriebene Briefe. Briefe spiegeln wider, was uns guttut: Hingabe, Respekt und Aufmerksamkeit.

Briefe legen manchmal lange Wege zurück, reisen durch ferne Länder und die Briefmarken sind wie exotische Grüße. Was für ein Ereignis in meiner Kindheit: Briefe aus Afrika. Ausversehen wurde ein Brief aus Seattle „verkehrt herum" auf die Reise nach Dithmarschen geschickt - über Japan und Indien – tausend Stempel und Kommentare auf dem Umschlag. Ich habe ihn eingerahmt. Die Auslieferung eines Briefes ist nach wie vor Ehrensache. Er soll den Adressaten erreichen, egal wie lange es dauert, wie viele Widrigkeiten einem in den Weg gestellt werden.

Einen Brief zu bekommen ist aufregend. Es gibt die, die ihn sofort aufreißen und die Zeilen während des Gehens verschlingen, andere kochen sich eine Tasse Tee, kuscheln sich auf ihr Sofa und genießen Zeile für Zeile. Ganz andere warten mit dem Öffnen des Briefes Tage, brauchen die innere Sammlung. Briefe machen etwas mit einem.

Dies ist ein Plädoyer für den handgeschriebenen Brief – eine einzigartige Kostbarkeit für immer nur einen Menschen. Das beschriebene Papier auf welches zuvor die Hand des Schreibers lag. Ein Hauch von Sinnlichkeit und Nähe. Spürbare Energie der Liebe, der Verbundenheit, des Miteinanders, all das findet sich in einem handgeschriebenen Brief. Gleichzeitig ist er ein Geschenk. Jemand nahm sich Zeit für mich. Der Brief gewährt dem Schreiber eine Zeit der Betrachtung, des Nachdenkens, des Abwägens – das Geschriebene als Essenz des Selbst.

Mitte der 80er reiste ich allein nach Oxford. Damit verbunden stand mir der erste Flug meines Lebens bevor, mit der legendären Fluggesellschaft PanAm, schon das war respekteinflößend. Hinzu kam mein unzulängliches Englisch. Mein eigenes Vorhaben schüchterte mich mächtig ein. Bevor ich die Reise antrat, bat ich einen Freund mir einen Durchhaltebrief mitzugeben. Die Tage in England forderten mich, ich sage nur fehlende Übernachtungsmöglichkeiten und sprachliche Verwirrungen. Immer wieder hielt ich den Brief in meinen Händen und fragte mich: ist es schon schlimm genug oder halte ich noch durch? Ich öffnete ihn auf dem Rückflug und lächelte: es gab – so süß – Durchhalte-Marzipan, ein Foto und heldenhafte Worte.

In der englischen Sprache gibt es die Redewendung: „The cherry on the cake" Das kann man mit „das Sahnehäubchen" übersetzen. Das besondere Extra. In der Liebe ist die „Kirsche auf der Torte" der Liebesbrief.
„Love Letter, go get her! ", singt Nick Cave in seinem wundervoll melancholischen Lied

"Love Letter" und weiter: "I kiss the cold, white envelope, I press my lips against her name". Auf was sollen unsere Tränen tropfen, wenn nicht auf das Papier was wir in Händen halten, auf was sollen wir unsere sehnenden Lippen pressen – auf die Tastatur unseres Notebooks? Nur Briefe taugen dazu ans Herz gepresst zu werden, unter einem Kopfkissen zu liegen, Teil des Reisegepäcks zu sein. Klar, man kann auch in tiefster Herzergriffenheit sein Mobilphone an die Brust drücken. Die romantischen Kinofilme bevorzugen seltsamerweise nach wie vor den Brief als Symbol der Sehnsucht, der schmachtenden Liebe, des Heimwehs.

Die Deutsche Post scheint auch an die außergewöhnliche Kostbarkeit eines Liebesbriefes zu glauben, hat sie doch kürzlich die Briefmarke „Liebesbriefe" herausgegeben. Das rührte mich. Liebesbriefe: Trunken vor Freude, sobald man sie im Briefkasten erblickt. Wer würde diese Briefmarke kaufen? Würde man sich trauen, diese Briefmarke auf

Rechnungsumschläge zu kleben oder auf einfache Geburtstagsbriefe - könnte ja falsch verstanden werden. Gab es aufgrund der Briefmarke mehr Liebesbriefe?

Aushalten können. Das Warten auf eine Antwort. Das macht einen stark. Als Teenager die ständigen Überlegungen, wo der Brief jetzt gerade sein könnte, wann wohl die Auslieferung erfolgen würde und wann das lesen. Würde eine Antwort kommen? Wann?

Als ich in Killarney meinen Geburtstag feierte, erreichten mich fünf Geburtstagsbriefe aus der Heimat. Was für eine Freude. Ich nahm sie mit auf meinen Spaziergang zum Ross Castle. Auf jeweils einer Parkbank las ich an einem schönen Plätzchen einen Brief. Manchmal kam das große Blarren, manchmal ein Lachen. Geburtstagsbriefe! So schön. Es ist Zeit für die Rückkehr von Geburtstagsbriefen. Und für die Liebesbriefe sowieso.

Die vermeintlichen Widersacher des Briefeschreibens sind Bequemlichkeit, Zeitnot und der Klassiker „Was soll ich nur schreiben?". Statt Malbücher auszumalen, empfehle, ich das Schreiben von Briefen. „The slow way of ink." Manchmal erhält man sogar Antworten.

Es gibt sie noch: Tintenfässer und Füllfederhalter! Los jetzt!

Dinis Cottage
... a dream ...just a dream

Mitten im Grün an den Killarney Lakes liegt Dinis Cottage. Hinter dem Cottage befindet sich „The Meeting of the Waters", ein zeitloser Ort der stillen Versunkenheit. Schattierungen von Grün, uralte Steine und das Zusammentreffen von Fluss und See. Es wirkt wie ein mit Moos und Blättern ausgekleideter Saal. Die Atmosphäre lässt die Anwesenheit von Feen und Wassergeistern erahnen. „The ancient breath of the Killarney Lakes". Ein Ort der inneren Reflektion. Als ich einmal dort meinen Tee trank und ein Sandwich aß, wurde ich mit einem feindseligen Blick seitens eines anderen Reisenden bedacht. Zu recht. Hier mümmelt man nicht trivial an einem Brot. Ich schämte mich.

Die Straße zum Cottage steht nur Spaziergängern und Fahrradfahrern zur Verfügung und so kann man die Flora, von smaragdgrün über flaschengrün bis grasgrün, und den See und den Himmel, von himmelblau über pfauenblau bis türkisblau, genießen – am besten bis zur alten Steinbrücke „Brickeen Bridge". Mit Glück bleibt man morgens eine ganze Weile für sich. Mit noch mehr Glück fällt der sogenannte „nozzling rain" durch die Blätter. Dieser Regen fühlt sich im Gesicht an wie Wasser aus einem Zerstäuber. Herrlich belebend für den Teint.

Am Parkplatz las ich, dass Dinis Cottage bis auf weiteres geschlossen sei. „Tearooms closed until further notice"

Auf dem Weg zu Dinis begann ich tagzuträumen – hemmungslos.

Vor drei Jahren empfand ich das Frühstücken in meinem B&B unglaublich deprimierend. Nicht weil ich allein an einem Tisch saß, sondern weil alle um mich herum nur noch in ihre Smartphones oder Tablets starrten. Ehepaare guckten in ihre Smartphones, automatischer Griff zu Tasse, schweigend oder manchmal ein lautes Vorlesen von etwas, was man gerade im Internet entdeckt hat. Kein Angucken, kein Lächeln, kein Miteinander.

Als ich etwas später auf einem Bauernhof in Kildare übernachtete, gab es im Frühstückszimmer einen großen alten Tisch für alle Gäste. Mit einem amerikanischen Ehepaar aus Wisconsin saß ich zum Frühstück an diesem Tisch und es war unvermeidlich nicht miteinander ins Gespräch zu kommen. Es gab so viel zu erzählen, dass wir geschlagene zwei Stunden am Tisch sitzen blieben. Ich erfuhr so von der Existenz des weltweit ausliefernden „Kennys Bookshop" in Galway. Lisa und Tom versprachen mir, Heinrich Böll's „Irisches Tagebuch" zu lesen. Ein herrlicher Start in den Tag, wenn man Menschen trifft, die passen.

Gerade diese Unvorhersehbarkeiten, unerwartete Geschehnisse, schubsen unsere Lebendigkeit an, machen unsere Klugheit, unsere Glücksgefühle aus. Manchmal stelle ich mir vor, dass sich irgendwo ganz viele Wunder tummeln, sich drängen, weil sie in unsere Welt möchten, um die Realität, den Alltag, mit Farbe und Außergewöhnlichkeiten zu beleben. Doch die Wunder kommen nur rein, wenn nicht alles verplant, organisiert, abgesichert und perfektioniert ist. Leonard Cohen sang: „There is a crack in everything, that's how the light gets in". Inzwischen scheint jede mögliche Fuge, in die Licht und Wunder hindurchschlüpfen könnten, mit Zement in Form von technischen Absicherungen zugekleistert zu sein. Schafft ein Wunder es trotzdem in unserem Leben aufzutauchen: Panik auf allen Ebenen. Wunder sind die Panik wert. Darauf folgt Entzücken und niemals dürfen wir ein Wunder leichtfertig wegschmeißen. Niemals.

Ja, man braucht große Tische um sich zu begegnen, keine Holzinseln verteilt auf einem Raum. Man braucht auch unter Reisenden Möglichkeiten des Miteinanders, des Austausches, des sich Findens, des Erkennens von Übereinstimmungen.

So stellte ich mir Dinis Cottage unter meiner Regie vor. Kein abwesendes Nebeneinander, sondern lebendiges Miteinander. Es sollte wirklich guten Tee geben, fantastischen Kuchen, erinnerungswürdige Pies und im

Winter könnte ich die Einheimischen mit Dithmarscher und Eiderstedter Spezialitäten locken. Nach einem Spaziergang durch die Natur warteten hier Eiergrog, Kohlrouladen, Grünkohl, Knerken, Glühwein und Dithmarscher Kaffee. Plattdeutsch-Gälische Abende. Ich könnte Mondwanderungen anbieten, eine Sehnsucht nach Schneckentourismus und Parkbankhopping entfachen. Ein Bosselnachmittag rund um den Muckross Lake, was wäre das für ein Spektakel. Lesungen und kleine Musikabende – mir ging das Herz über mit Ideen, ich sah die Menschen...

Man würde sich unterhalten und glücklich sein, weil man mitten im Leben ist, verbunden mit anderen, belebt, strahlend und zuversichtlich sein, die Zeit vergessend.

...a dream...just a dream...

Ring of Kerry

Der Schmelztiegel aller Touristenströme ist die Halbinsel Kerry und was soll ich sagen: zu recht.

Diejenigen, die sich vom Touristen-Mainstream abheben wollen, behaupten der Ring of Beara sei ein Geheimtipp. Die Kenner schwärmen von der Dingle-Penisula. Der Ring of Kerry ist so etwas wie Neuschwanstein, die Reeperbahn, der Westerhever-Leuchtturm. Jeder will hinter „The Ring of Kerry" unbedingt ein Häkchen auf seiner Abstreichliste der wichtigsten Sehenswürdigkeiten Irlands machen. Natürlich gibt es auch solche, die ganz elitär sagen: „nee, so eine Touristenhochburg – das tue ich mir nicht an", das sind übrigens auch die Leute, die grundsätzlich die Nr. 1 Hits doof finden. Manchmal hat die „Masse" auch Geschmack.

Die Halbinsel Kerry ist spektakulär und in vielen Varianten zum Niederknien atemberaubend herrlich – man braucht mindestens drei Tage um all das wahrzunehmen. Einmal mit dem Auto um die Halbinsel rumgurken, ist gerade ein Hauch, eine Ahnung... Auf der Straße, die auch offiziell „Ring of Kerry" heißt, trifft man fast ausschließlich Autofahrer, die noch genauso verhuscht über die Straße hühnern, wie an dem Tag als sie vom Dubliner Flughafen gestartet sind. „Dawdling sightseers" (= trödelnde Touristen), sagt der Engländer. Eine Schlange von gefühlten Fahranfängern quält sich um die Halbinsel und als besonderes Extra noch zig Reisebusse, die sämtliche Aussichtsparkplätze besetzen. Das muss man wissen, um gelassen zu bleiben.

Ich startete von Molls Gap über die R568, weil ich noch etwas Anderes suchte, es nicht fand, dafür mitten im Nichts die Blackwater Tavern mit Tankstelle und Hund entdeckte.

Eine Weile später landete ich im farbtrunkenen Sneem. Sneem ist so poppig wie ein Kasten voller Buntstifte. Ich fotografierte mich in einen kompletten Farbenrausch. Irlands Indien sozusagen.

Während der Erkundung des südlichen Teils des Ring of Kerrys und besonders in Waterville bekam ich leichte Anwandlungen. Geparkte Autos an den unmöglichsten Stellen, unglaublich viele Menschen liefen bedenklich planlos überall herum und ich befürchtete das Schlimmste was mein Auto anging. Sehr langsam, sehr behutsam fuhr ich durch diese Stadt, die direkt am Meer liegt, und war froh als ich durch war, um dann leider noch dreimal diesen Akt zu wiederholen, weil ich die Straße nach Glencar partout nicht fand. Das stählte meine Nerven und gab mir ein gutes Training für Wendemanöver.

Die Landstraße nach Glencar war beruhigend einsam, so dass sich meine Nerven von dem Tourismus-Overkill erholen konnten. Viele Weiden, viel Grün und immer ein Bauernhof in Sichtweite, so dass ich, als ich merkte, dass es mal wieder Zeit war, sich ein geschütztes Plätzchen in der Natur zu suchen, zehn Kilometer brauchte, bis ich dann hinter einem Fuchsien Baum unsichtbar meinen privaten Augenblick hatte. Mit neuem Elan stieg ich ins Auto und dachte nun, „ach, irgendwie ein bisschen öde hier, aber besser als sich nochmal wieder in die Karawane der Sightseer einzugliedern".

Plötzlich sah ich, dass die Straße vor mir anstieg. Na, dachte ich, das ist ja mal eine Abwechslung. Das Ansteigen hielt gar nicht auf und ich schaltete in einen kleinen Gang und fragte mich, wohin diese Straße eigentlich führte. Nach guten fünf Minuten bergan stand ich völlig unvorbereitet am Ballaghasheen Pass und blickte auf eine unendliche Grasebene nieder, die wie aus dem Zusammenhang gerissen wirkte. Irgendwo am Horizont die Macgillycuddy Reeks. Mitten im weiten Gras schlängelte sich ein Feldweg und ich fragte mich, wer diesen wohl nutzte. Die Antwort folgte auf dem Fuße: ich selbst. Nur diese Straße und vereinzelte Strommasten verrieten Spuren menschlichen Zutuns. Soweit das Auge reichte: kein Haus, keine Scheune und auch kein Vieh. Vor einer halben Stunde noch eine touristische Volldröhnung und jetzt das große Nichts. The Great Nothingness again.

Im Vergleich zu den Wicklow Mountains empfand ich diese Einsamkeit eine Spur zu doll: „Das muss man aushalten können", dachte ich. So eine kleine Seele im Metallgehäuse und das Große Ganze um einen herum. Und wieder sagte ich mir „Alle Wege führen irgendwohin, einfach weiter fahren".

Einsamkeit. Verlassenheit. Wie interessant die deutsche Sprache ist: ich verlasse mich auf Dich/ich verlasse Dich – dasselbe Wort für genau entgegengesetzte Bedeutungen. Sehr schräg. Wie heißt es in Englisch: „to lean on" und das weggehende Verlassen: „to leave"," to abandon". Ich verlasse mich auf Dich, bedeutet, ich vertraue Dir. Jeder weiß, Vertrauen bringt nicht unbedingt Vertrauen zurück.

Vertrauen ist eine einseitige Entscheidung. Wenn es verraten wird, schnöde behandelt, ärgert man sich und schimpft über die eigene Naivität. Wird man wieder vertrauen?

Oder im ständigen Misstrauen leben? Wer vertraut, ist verletzbar und deshalb ist innere Stärke ein Segen oder wir machen eine Kunst daraus mit Verrat und Verlassen werden umzugehen.

Jetzt hier vertraute ich der Straße, dass sie mich nach Glencar brächte. Dieses Vertrauen wurde an einer Weggabelung auf die Probe gestellt. Was war die Hauptstraße? Links folgend, rechts folgend? Es gab keinen Unterschied. Wie waren die Himmelsrichtungen? Gute fünf Minuten guckte ich auf meinen Atlas und wählte Gott sei Dank den richtigen Weg. Nach einer Weile tauchte der „Drei-Häuser-Ort" Glencar auf. Erneutes Studium der Straßenkarte und irgendwann endete die Straße am nördlichen Ring of Kerry bei Fossa und das war praktisch schon Killarney. In dem Moment war Killarney „my hometurf" – mein zu Hause.

„Come by the hills"
-Liebe und verweilen-

Das Schöne am Irischen ist, man darf so hemmungslos pathetisch und ergriffen sein. Es wirkt nie peinlich oder übertrieben. Das Wort „pathetisch" ist nicht unbedingt 1:1 ins Englische zu übertragen. „pathetic" wird eher im Zusammenhang mit erbärmlich und armselig verwendet. Ein schönes Wort um sich in Englisch mitzuteilen ist: "I'm moved (ich bin bewegt/ergriffen) oder I'm tear-filled (zu Tränen gerührt)".

Obwohl ein einmaliger Besuch der Muckross Traditional Farms, einem Freilichtmuseum beim Muckross House, vollkommen ausreichend ist, besuchte ich das weitläufige Areal erneut, des schönen Spaziergangs wegen. Gegen Ende des einstündigen Rundgangs durch irische Landschaft und Besichtigungen alter Farmhäuser, wartete zum Schluss das Schulhaus auf mich, welches ich noch nicht kannte. Als ich in das Klassenzimmer trat, saßen einige Erwachsene auf den Schulbänken und lauschten still, fast andächtig, den Worten eines älteren Mannes am Stehpult. Er sprach von der wunderbaren Natur die uns umgibt – wrapped by that beautiful nature – und dass er in Frieden mit sich selbst sei und innerer Harmonie, weil die Schönheit der Natur mit ihren harmonischen Schwingungen auf ihn einwirke. Er denke oft an ein altes irisches Lied, was seine Großmutter früher sang „Come by the hills" und er meinte, es solle uns mit Dankbarkeit erfüllen, wenn Landschaft so auf uns wirke. Unversehens begann er das Lied „Come by the hills" zu singen, was zunächst seltsam wirkte, so von jetzt auf gleich.

Es ist ein Lied über die aufrichtige Liebe zu seiner Heimat und das alles gut würde, blicke man in den Himmel, auf den Horizont, auf das Meer, auf das Grün, auf das Licht... und im Refrain heißt es „Alle Sorgen von Morgen können warten bis dieser Tag zu Ende ist (The cares of tomorrow can wait til this day is done). Beste Gelassenheit. Zu Hause hörte ich mir „Come by the hills" im

Internet an und diese schöne, klare Ergriffenheit über die Liebe zur Landschaft ist „so deeply moving" – wohlig ziehende Wehmut im Herzen.

Thead, der Name des Mannes, teilte uns anschließend mit, dass seine CD im Souvenirshop zu kaufen sei.

Diese Begebenheit im Schulhaus erstaunte mich, hatte ich gerade selbst am Abend zuvor über Landschaften & Liebe & Verweilen sinniert: Liebe und Verweilen: Das ist wie mit einer spektakulären Landschaft. Man hält inne und denkt, da ist etwas, man müsste länger bleiben um die ganze Schönheit und Tiefe zu ermessen, zu erfahren. Doch irgendetwas hält uns davon ab zu verharren. Man zieht weiter – es bleibt die Erinnerung, dass da etwas war – eine Kostbarkeit?

Thead sprach etwas Wichtiges an: Landschaften beeinflussen unser Sein. Sie wirken auf unser Denken. Ein Mensch, der auf eine ihm geliebte Landschaft guckt, wird immer Dankbarkeit empfinden und eine innere Ruhe und ich hoffe, dass viele Menschen ihre tagtägliche Landschaft lieben.

Manchmal vertut sich das Schicksal um ein paar Längen- und Breitengrade, weil es Menschen gibt, die fern ihrer heimatlichen Landschaft in völlig anderen Gefilden aufblühen und sich zu Hause fühlen.

Welche Landschaft öffnet mein Herz, tröstet mich, inspiriert mich?
Welcher Mensch öffnet mein Herz, tröstet mich, inspiriert mich?

Dublin Airport
Ein mützenverschlingender Ort

Als ich Anfang der Neunziger das erste Mal mit dem Flugzeug nach Irland kam, bestand der Flughafen aus einem Gebäude mit sehr viel weitflächigem Grün drum herum. Die Anbindung durch öffentliche Verkehrsmittel existierte nach meiner Erinnerung nicht. Damals galt die Irland-Fähre als die einzig wahre Möglichkeit Irland zu besuchen oder zu verlassen. Mit dem Flugzeug kamen reiche Amerikaner, Rockstars usw. und die leisteten sich ein Taxi, andere ließen sich abholen.

Inzwischen ist der Dublin Airport so etwas wie die Schaltzentrale Irlands: so perfekt organisiert und gleichzeitig charmant überschaubar, dass ich mich davor verneige. Gutdurchdachte Organisation ist eine hohe Kunst und bisher fand ich keinen einzigen Punkt der Kritik.

Mit Überlandbussen kommt man in jede Ecke Irlands, Cork, Sligo, Galway…. Blaue und türkisgrünen Airport Busse bringen den

Reisenden zügig in die Innenstadt von Dublin und die Hotel-Shuttlebusse pendeln, stets Gäste auflesend, emsig zwischen den jeweiligen Hotels und dem Flughafen hin und her. Es kann keiner etwas dafür, dass sich eine mützenverschlingende Elfe im Abflugterminal niedergelassen hat.

Meine erste Mütze aus eisvogelblauen Aran-Strick und in Killarney erstanden, fraß die Elfe dreist und geschwind während des Händewaschens in den Waschräumen der Toiletten.

Der Flieger nach Hamburg startet um 6:25 und es ist natürlich nicht das einzige Flugzeug, welches so früh startet. Entsprechend zeitig sollte man sich in Richtung Sicherheitskontrolle begeben. Dort herrscht meistens ein reiseaufgeregtes Gewusel und so früh am Morgen ist es etwas ganz Besonderes im Flughafen zu sein. Ein Hauch von Verheißung liegt in der Luft, wie alles, was in den frühen Morgenstunden geschieht: ich sage nur Sonnenaufgang, Pferde auf die Koppel lassen, die erste Tasse Tee... Jedenfalls ist es draußen noch recht kühl und frisch und der Kopf bedarf einer Mütze. Vorzugsweise trage ich gerne meine aktuelle Lieblingsmütze, die meist während der Reise erstanden wurde.

Sobald man allerdings das Flughafengebäude betritt, umwabert den Reisenden ein reines Tropenklima und eine Mütze führt schnell zu Schweißausbrüchen. Diese Nische des Absetzens nutzt die Elfe um sie sich zu holen, glaube ich. Jedenfalls als in Hamburg das Signal „Mütze-aufsetzen" kam, fand ich keine mehr. Man merkt es eben erst, wenn man sie wieder braucht. Es gab für mich keine Chance den Verlust zurückzuerobern.

Diese Episode wäre natürlich der Erwähnung nicht wert, wenn, ja, wenn es nicht wieder passiert wäre.

Diesmal trug ich eine rauchblaue Mütze, die ich in Blarney kaufte und die einen Hauch von cooler Weltgewandtheit ausstrahlte. Aufgrund meiner Erfahrungen war ich natürlich extra aufmerksam und nahm die Mütze nicht ab, auch wenn es wirklich ziemlich brütig war. Bei der Sicherheitskontrolle legte ich sie mit meiner Tasche in eine der grauen Plastikboxen. Danach sammelte ich alles wieder zusammen, warf noch einen Blick in den leeren Kasten und keine zwei Minuten später, merkte ich das Fehlen der Mütze. Unglaublich. Wie raffiniert. Wieder hatte die Elfe einen winzigen Augenblick genutzt. Es kann nicht anders sein, denn ich begab mich sofort zurück zur Sicherheitskontrolle und suchte und fragte. Sie war definitiv verschwunden. Mein Wollzoll an die irischen Feen war gezahlt. In dem Moment tröstete es mich nicht, dass ich noch eine zweite Ausgabe der Mütze im Koffer hatte.

Was mich tröstete war der White Mocha von Butlers, weil der nicht nur wunderbar schmeckt, so vor 6.00 Uhr morgens, sondern weil man sich zu dem Kaffee noch einen Schokoladentrüffel aussuchen darf.

Bewleys: Rückzugsort für Schreiber

Als ich Ende der 80er eine Weile im Hochschwarzwald als Zimmermädchen meinen Herzschmerz wegputzte, freundete ich mich mit einigen Iren an, die auch im Hotel jobbten. Als mein Herz wieder aufnahmefähig war, kündigte ich und löste mein Versprechen ein, alle drei irischen Zimmermädchen-Freundinnen in Irland zu besuchen. Damals, ich kann es mir heute kaum noch vorstellen, reiste ich den langen Weg mit der Englandfähre von Hamburg nach Harwich, weiter nach London und am nächsten Tag mit dem Zug nach Holyhead, um dann erneut mit der Fähre überzusetzen. Am Anleger in Dun Laoghoire warteten Linda und ihr Vater auf mich, was aus heutiger Sicht als Phänomen zu betrachten ist, denn meine Ankunftszeit teilte ich Linda per Postkarte mit und verließ mich darauf.

Lindas Eltern wohnten in Wicklow. Pamela und Anne lebten in Nord-Dublin. Linda und ihre Mutter schworen bei Dublin-Besuchen auf Brown Thomas in der Grafton Street: DIE Adresse zum Einkaufen und zum

Teetrinken! „You have to go to Brown Thomas!" Auf mich wirkte das Ambiente eher versnobt, hanseatisch-gediegen oder in Englisch gesagt: a posh place.

Ein halbes Jahrzehnt später hörte ich mit vernarrter Begeisterung die Musik der irischen Band „Hothouse Flowers". Dank Jan, der mir zuredete, eine Autogrammstunde der Band zu besuchen, traf ich mit vielen anderen die Musiker in einem Plattenladen. Weil ich mich nicht auskannte, hielt ich Liam, dem schmucken Sänger, mein Unterwegs-Tagebuch für ein Autogramm hin. Er stutzte, guckte mir in die Augen, nahm mein Tagebuch und schrieb, gefühlt eine Stunde, etwas hinein. Vor Aufregung stellte ich vorübergehend meine Atmung ein, lief wahrscheinlich hummerrot an, sagte dann aber doch „Danke" und guckte erst in mein Tagebuch, als ich wieder bei Jan war: „Much light things and bird wings", eine gemalte Blume dazu. Hin und weg war ich.

In dieser Zeit gab es von den Hothouse Flowers eine Fanzeitung, die man zugeschickt bekam, sobald man sich auf eine Liste gesetzt hatte, was ich nach dieser Begegnung tat. So bereicherte Liam mich nicht nur mit seiner Musik, den handgeschriebenen Worten, sondern auch mit seiner Buchempfehlung „Unter dem Tagmond" von Keri Hulme und mit seinem Lieblingsplatz in Dublin: Bewleys Cafè in der Westmoreland Road.

Im Herbst 1992 verbrachte ich einen Bildungsurlaub in der fabelhaften „Blue feather School" in Monkstown, dreizehn Kilometer südlich von Dublin. Sobald es möglich war, nahm ich die DART nach Dublin um mir das Bewleys Cafe in der Westmoreland Street anzugucken. Ich kannte die Wiener Kaffeehäuser, aber dieser Ort war schon damals wie aus einer anderen Welt: ein großer Saal mit einem Lichteinfall aus bunten Bleiglasfenstern, wie man sie von Kirchen her kennt, Sofas mit rotem Samtbezug, Tische, Holzstühle und in den Kaminen offene Torffeuer. Hier saßen Hausfrauen, die sich beim Tee wieder aufluden, Künstler, die schrieben oder diskutierten und Menschen, die einfach nur die Atmosphäre genossen. Jeder war so, wie er war, es war selbstverständlich, wenn jemand Notizen in sein Buch schrieb oder still seine Tasse Tee trank und das kaffee- und teetrinkende Leben beobachtete. In Dublin galt das Cafe als „favourite haunt of writers", der Lieblingsplatz der Schriftsteller. Ich fühlte mich so wohl, dass ich von da an jede freie Minute dort verbrachte. Ich liebte Bewleys.

Liebe macht neugierig und Liebe bringt einen auf Trab und so mietete ich mir ein Raleigh Mountainbike und fuhr an einem Sonnabend ganz früh morgens mit dem Rad von Monkstown nach Dublin, um bei Bewleys um 7 Uhr morgens eine Kanne Keemun-Tee zu trinken. In der Morgendämmerung radelte ich durch die Docks und an verlassenen Fabriken vorbei. Auf der Straße begegneten mir junge Iren nach einer durchtanzten Nacht. Die Mädchen im Ballkleid: glückselig, wie nur durchwachte Nächte es vollbringen. Eine schweigende Nassau Street, am Trinity College vorbei… – mir gehörten für diesen

Moment alle Straßen. Die unbesiegbare Freude aller Entdecker dieser Erde in meinem Gesicht und in meinen Füßen. Bei Bewleys erwartete mich die Atmosphäre der frühen Tageszeit, der Menschen, die sich hier mit einer Tasse Kaffee oder Tee auf die bevorstehende Arbeit vorbereiteten. In meiner Erinnerung sah ich viele Männer in einfachen Anzügen, vielleicht auch Menschen vom Land, die gerade mit dem Zug angekommen waren.

Mitte der 9oer besuchte ich Dublin wieder. Bewleys war da und alles war gut.

Es vergingen Jahre, sehr viele Jahre, bis ich 2013 eine Reise nach Killarney plante. Ich buchte meine Flüge so, dass noch genug Zeit für eine Stippvisite in der Westmorelandstreet blieb. Ich wollte unbedingt zu Bewleys, nach so langer Zeit, einen Keemun-Tee trinken und Proviant für Irlands Westen kaufen. Ich stieg am Trinity College aus, ging mit erwartungsfreudiger Schrittgeschwindigkeit zur Westmoreland Street und sah die Mosaiksteine mit dem Bewleys Schriftzug auf dem Bürgersteig –

und als ich aufblickte, guckte mich das Starbuck-Emblem an. Ich schluckte. In einer Übersprunghandlung ging ich hinein, um zu gucken, wie es drin aussah. Starbucks befand sich vorne im ehemaligen Verkaufs- und Tresenraum, der Saal mit den früheren Kaminfeuern gehörte nun einer Pizzeria. Stumme Fassungslosigkeit.

Es gab damals noch ein Bewleys Cafe in der Grafton Street, welches eher für die Touristen war. Dort ging ich als Ersatz hin, trank automatisch einen Tee und flog später nach Kerry. Manchmal ist es schwer, Veränderungen zu akzeptieren, besonders wenn man weiß, dass das Alte gut, richtig gut, war und bereichernd. Und gäbe es die Möglichkeit einer Botschaft an Bewleys, lautete sie: Es braucht Stärke um zu seinen klassischen, altmodischen Kostbarkeiten zu stehen.

Ein tiefes Seufzen. Ein langes Ausatmen: Cafés werden immer bleiben. Das neue Irland hat jetzt die Avoca-Cafés und die sind erfrischend, originell und mit einer fantastischen Küche aufwartend. Das ist die Gegenwart und die ist bunt und lebendig.

„The Streets of Arklow"

Das Universum macht uns manchmal außergewöhnlich schöne Angebote. Wenn wir die Zeichen erkennen und zugreifen, nennen wir das Wunder, Magie.

Oft stehen wir natürlich voll auf'm Schlauch und kriegen nichts mit, eingezwängt in unseren Alltag, verloren in Sorgen, Kümmernissen und vor allen Dingen ausgebremst von unserer Vernunft, etikettiert mit dem berühmten „Ja, aber" oder „Und was ist, wenn..."

Mit einer Vehemenz, die dem Universum gar nicht liegt, bekam ich ein Hinweisschild nach dem anderen präsentiert - ohne etwas zu merken. Auf der Suche nach Pferden, fand ich ständig Kühe. Im Pub saß ich neben zwei norwegischen Wanderern. Im Radio lief aus heiterem Himmel „In the big country" und in Cork spielte eine Straßenband gerade als ich um die Ecke bog „Brown eyed girl".

Karl und ich wollten gerne zusammen durch die Straßen von Arklow spazieren gehen, weil wir Van Morrison's Musik so liebten. Die Verheißungen der Jugend... und nun schlenderte ich durch die Straßen Arklow's allein... lächelnd fotografierte ich die Straßen ohne groß den Erinnerungen von damals hinterherzuhängen. Arklow ist eine hübsche kleine Stadt an der Irischen See und der Fluß Avoca fließt gemächlich und breit durch die Stadt. Ich ließ mich treiben, gelangte in eine kleine Gasse und stand plötzlich vor einem Plattenladen und keine andere Schallplatte als „Van Morrison His Band and the Street Choir" guckte mich aus dem Schaufenster an. Die Musik, die wir während unserer ersten gemeinsamen nächtlichen Autofahrt zusammen hörten: verzaubertes Schweigen, Seelen die sich öffneten und in magischer Zeitlosigkeit miteinander verwoben. Hier in Arklow spürte ich diesen Moment wie damals. All die vergangenen Jahre wie weggewischt.

Manchmal muss man etwas wagen und den Zeichen vertrauen. Keine zwanzig Minuten später verließ ich das Postoffice von Arklow und ein flaches quadratisches Päckchen würde am Nachmittag den Weg nach Deutschland antreten. Mit einer Postkarte von Arklow drin und drei Worten: "Still your Queen."